edition suhrkamp 2680

»Schon seit Tagen durchsuchte ich meine häusliche Baugrube nach einem Packen Niederschrift und fand ihn nicht. Also werde ich mir alles noch einmal schreiben, dessen gewärtig, daß mir das Bündel in die Hände fallen wird, sobald der Neubau fertig ist. Es soll abermals ein feines, turbulentes Bauwerk entstehen, innen wie ein ägyptisches Termitenhochhaus, das von einem schwierigen Schwarm bevölkert wird. Darin summt alles verschieden und gleichbedeutend. Ein wohlklingendes Gespinst, prall wie eine wimmelnde, fangvolle Reuse ...«

Thomas Kapielski, 1951 geboren und wohnhaft in Berlin. Im Suhrkamp Verlag veröffentlichte er zuletzt: *Mischwald* (edition suhrkamp 2597)

Thomas Kapielski

Neue Sezessionistische Heizkörperverkleidungen

Suhrkamp

Fotos: Thomas Kapielski

edition suhrkamp 2680
Erste Auflage 2012

Originalausgabe

Druck: Druckhaus Nomos, Sinzheim
Umschlag gestaltet nach einem Konzept
von Willy Fleckhaus: Rolf Staudt
Printed in Germany
ISBN 978-3-518-12680-6
1 2 3 4 5 6 – 17 16 15 14 13 12

Neue Sezessionistische Heizkörperverkleidungen

Noch vor Anbruch der Nüchternheit bleicht Morgengraun die Schwärze. Die Nacht wälzt sich von den Schlaflosen und Albträumern gemach hinweg nach Westen. Nun wimmern und frieren sie dort im Nachtschweiß, wenn alle Tagwerke und dunklen Lustbarkeiten abgerissen. – Hier aber brach ein frostblauer Saum die frühen Halme. Und wenn sonach der ewige Tag sein müdes Haupt im Osten hebt, uns in frische Mühsal zu treiben, dann jauchzen und trompeten nur Vögel und Hupen. Es schallt kein Festtagsgeläute weit und breit, mich in die Andacht zu tragen, um Heil und Heilung zu bitten, ganz so, wie der Himmel es geben will. Mutig und bange, träge und rege gelobe ich wie alle Tage in gewohntem Widerspiel: Abermals das Nötige zu verrichten, jeden geschenkten Tag zu vergelten, den Geboten zu folgen und Satzungen, die sich bewährten. Weiters erwarte ich duldsam die nächste und die letzte Nacht. Heute aber hoffe ich Zuversicht und Frühstück zu empfangen in Gestalt eines Milchreises mit Birnenschnitzen und Zimtzukker. Gegen Abend werde ich mir Bouletten mit Stampfkartoffeln und Erbsen auftragen, dazu stärkendes Bier. – Laßt uns essen und trinken, denn morgen sind wir tot! Wer in der Karwoche Erbsen ißt, der sollte alsbald Leichen im Hause finden. Bis dahin zerdichten wir uns, dies zu hindern, zügig in Stücke und redlich in Fetzen! Weiters begünstigen wir künftig Bohnen, in denen die gütigen, nicht die blähenden Ahnen wohnen. – Nütze die Zeit, denn die Tage sind schlimm! Der Morgen sorgt, und der Abend zehrt.

Neuerdings treibt nächtens Schweiß mir aus, ein Grindmal schwärt, und Harn drängt alle Stunden. – So lag ich im künstlichen Kummer, döste und sann: Aderlaß oder Abtrieb kann man diese Ausflüsse nicht nennen, eher noch Austrieb – von was aber? Oder sind es Weihegüsse? Reinwaschungen? Benn hat sich oft gefragt, woher das Sanfte und Gute komme, und hat, bis er gehen mußte, keine Antwort darauf gefunden. Ich ermittle weiter. Mein Verdacht zielt auf das Weib; ihr entsprießt die Barmherzigkeit! Der Frau schenke ich ohnehin alle Huld; ihretwegen tobt und schwärmt man ja! Sie ist der Familie, des Krals und der Gemeinde Hüterin und innere Schirmung und stiftet so deren Gesittung; womit sie freilich die Mißgeschicke des Familiären ins Weltweite, Politische trägt: Wohnungsenge und zärtlichen Starrsinn, rührseligen Zukunftsglauben und unmäßige Gutmütigkeit. Damit läßt sich kein Staat machen;

der braucht Mut, kalte Vernunft, Mobilität und allerhöchste Empfehlung. Das waren einst Tugenden des Mannes, des Soldaten und Priesters. – Entkräften dies die Zwillingsschwestern Eris und Eris, die streitsüchtige und die wettstreitende? Widerlegen dies die befehlshabende Athene und die amtierende Merkel? – Wohl kaum. Die Hierarchie ist die Ordnung, die ihren bestimmenden Ursprung (archē) aus Heiligem und Höchstem (hieron) ableitet; das Beste was man haben kann, ist das Heil im Anfang und von Anfang an. Hierokratien wieder sind ungut und aufgepreßt; alles, dem -kratie (kratos, Krätze) anhängt, zeugt von Machtergreifung und Gewalt. – Von ferne hörte ich heute bis hier im Westend die Irrenhäusler wie rasend an den Gittern rütteln; von innen jene, die hinaus wollten, von außen, die um Einlaß winselten. Ein Käfig ist die gottlose Welt, innen wie außen. Man selbst weiß auch nicht, was und wohin man möchte, noch wer und wo man ist. Einst hatte man dem Generalfeldmarschall von Wrangel gedroht, man werde seiner Gattin etwas antun, wenn er sich erdreisten wollte, nach Berlin einzumarschieren, um die Aufstände der Plebs niederzuwerfen. Beim Einmarsch an der Spitze seiner Truppen wandte sich Wrangel seinem Adjutanten zu und fragte diesen heiter: »Ob se ihr jetze woll uffjehangen haben?« Eine Renate von hier wiederum bezeigte sich jüngst einmal ganz ähnlich, »denn schließlich bin ick als mein eigenes Individuum für mir selbst verantwortlich!« Solche Leute sind Charakterfestungen! – Mich molestierte nun obendrein noch Kopfweh, aber ich unternehme in der Sache nichts. Und so geht es wohl, wie alles, vorbei.

Wenn jener reichen Ernte der mutmaßenden wie praktischen Gelehrsamkeit und Weltanschauung, die hier vor unseren Augen reift, Erwähnung getan würde, täte es mir gefallen. Es ist ein Geschenk an wenige; sie dürfen das Meine wie das Ihre küssen und werden dessenungeachtet die Verkanntesten ihrer Zeit gewesen sein. Allein, ich verdächtige den anderen Teil menschlicher Afterweisheit, die Absicht zu hegen, das ohnehin bröckelige meiner Existenz noch zermahlen zu wollen. Und so wird die Wucht meiner Darlegungen nur den Gipsereien, den Konditoreien und ewigen Staubsedimenten zugute kommen. – Aber gut, warum denn nicht? Denken und begreifen wir eben tektonisch, touriert und stuckiert! – »Fetter, grüne, du Laub!« – Schärfer, sense, du Blatt! Die scharfe Rasur unterlasse ich akut, aus Überdruß. Wenn es anfängt zu beizen, mähe ich das Vlies mit dem Moser-Haarschneider über der Wurzel; mit einem Aufsatz kupiert er mir obendrein das Haupt, auf dem nur wenig Gefieder noch austreiben mag. Lebensfroh und unverwüstlich wachsen mir allein noch Stoppeln und allerhand Borsten an Ohr und Nase. – Was unterschätzte ich Garst und Komik des letzten Lebensaktes! Daß die ältesten, gut erhaltenen Leichenfunde in Europa, so der Mann aus dem Eise des Ötztals und zahllose Moorleichen, die von Bunsloh etwa oder Osterby, oder die Männer von Grauballe und Tollund, daß sie allesamt gemordet oder hingerichtet wurden, sagt auch genug. Tacitus weiß darüber hinaus Genaueres von den Germanen: »Proditores et transfugas arboribus suspendunt, ignavos et imbelles et corpore infames caeno ac palude, iniecta insuper crate, mergunt.« – Verräter und Überläufer hängen sie an Bäumen auf; Feiglinge, Kriegsscheue und körperlich Entehrte (verisimilis: culasse? Hinterlader?) versenken sie im Sumpf und Morast, wobei sie noch Flechtwerk darüber werfen. Dort bilden sich nebenbei wieder Sedimente! Das Weistum empfahl bei Hochverrat auch das Ausdärmen. Es ist die blutige Wiege der Anatomie und Deutkunst. Schwert und Dolch tilgen allein die Makel des Adels, ohne Entehrung. – Sie nötigen indes keine Auskünfte ab.

Mobilmachung!« – An Tagen, da Reisen anstehen, verdichtet sich mir alles nur darauf, und ich bleibe unruhig, schlafe schlecht, erstelle sorgsam Listen, was zu packen und was nicht zu vergessen sei. In mir hallt nach, daß die Reisen meiner Eltern und Großeltern allein mit Flucht, Vertreibung, Truppenbewegung oder Verschickung einer Tuberkulose wegen zu tun hatten. Zum Vergnügen reisten sie nicht oder erst spät und zu spät. Gleich werde ich nach München herausfahren müssen; ich mache es meines Berufes wegen, benehme und befinde mich aber, als würde man mich an die Front oder in die Roßkur befehlen. – Und so saß ich nun des Morgens unausgeschlafen und reisefertig am Tisch neben der Tasche und wartete, daß es losging. – Mein Gott! Ich saß am Saum, am trennscharfen Abriß aller je gewesenen kosmischen Epochen, aller je gewesenen Zeitalter und Stunden und Atemzüge. Alles, was je war, ging bis eben vorbei. Lange vor mir tobten all die Schlachten, die bei Salamis wie die auf den Seelower Höhen und die um Moira bei Metaxy. Beide Eltern sind längst mir gestorben, auch Freunde, Bekannte, ferner unzählige, namenlose Andere. Kindheit und Jugend: dahin! Mehr als die Hälfte der mir zugemessenen Zeit: zerronnen! Noch die vergangene, nichtssagende, schlaflose Nacht: auf ewig verloren! Und ich? – Ach je, ich saß am ruhlosen Schlußstein auf meinem Jetztstuhl am Tisch neben der Tasche, inmitten der nie vollendeten Weltenbaustelle, vor mattem Abglanz heutiger Zukunft und: wartete! Zauderte am Tisch sitzend wie ein kranker Katechont, dauerte in teilnahmsloser Unruhe, meine Ungeduld hemmend. Gerne hier, wo ich war, nicht gerne, wo ich hin mußte. Warum saß ich in Ungeduld? – Weil ich los mußte! So verharrte ich neben einer gleichmütigen Tasche in der verkorkten Drangsal und Ödnis eines langwierigen Moments. Auf einem Stuhl in der Küche neben der Tasche. – Und wer weiß, ob nicht irgendwann eine metaphysische Physik plausibel zu machen weiß, daß es den Zeitstrang so gar nicht gibt! Und die Zukunft längst feststand, unterdes die Vergangenheit ewig zweifelhaft und offen gewesen sein wird?

Draußen wich finsteres Grau bläulichem; dann brach über der Traufe ein Streifen scharlachkranke Erdbeerfarbe auf. Da schließlich erhob ich mich und trat vor meine Regale hin und sprach wie folgt zu den Büchern: »Ihr Eideshelfer höchsten Ranges! Dem, der Gott liebt, ziemt es, das Vergangene als gut anzusehen und sich zu bemühen, aus dem Zukünftigen das Beste zu machen! Und darum warte ich nicht weiter, sondern gehe los. Lebt wohl, ihr reglosen Behältnisse!« – Und siehe: endlich lief die Zeit, indes ich als hingetragener, selbstversandter Leib in einem U-Bahnzug dahinfuhr: Zum Flughafen, dem Berlin-Tegeler, der gut durchdacht ist, rasch erfaßbar, gangbar und naheliegend. Er soll demnächst am graugrünen Wesen genesen, also zugesperrt werden. – »Traumwelt werde! Fiat utopia, pereat mundus – und gehe die Welt darüber zugrunde.« Dies Land möchte wohl bunt sein: Nun ja – sofern nur alle Farben grün tönen! – Als vorzüglicher noch wollte mir stets das Flugfeld Tempelhof gefallen. Ich fuhr dort oft mit dem Fahrrad hin, schloß am Portal ab und flog davon. Tage später kurbelte ich beschwingt nach Hause. Gleich gegenüber gab es die Landjuwel-Fleischerei Genz und eine Berliner Kindl-Kneipe, nebenan noch Zeitungen in einer harmlos bedeckten, mithin gewinnversprechenden Lotto-Annahmestelle. Dort ließen sich vor dem Flugwagnis noch fünf Mark Zuversicht einsetzen. Hätte man sie nicht, diese zähe Zuversicht, täte so etwas keiner: tippen, fliegen, fortfahren. Wer weiß? – Fliegen und fliehen liegen nah beieinander. Bier und Wein, das sind Mythen und Sakramente, Tröster und Refugien – aber doch kein Alkohol! Theoretische Arbeit, so Hegel an Niethammer, bringe mehr zustande in der Welt als praktische, und sei »erst das Reich der Vorstellungen revolutioniert, so hält die Wirklichkeit nicht aus«. Das Erkiesen einiger Zahlen zum Zwecke des Gunstgewinns fußt auf Spekulation. – Was fehlt mir denn eigentlich? Immer etwa das, wovon ich am meisten spreche?

Auf diese Kugel bin ich gesetzt, in diesen Landstrich gepflanzt und vaterseits preußisch geprägt – ordentlich also, sparsam, pünktlich, tugendstrebig, in Teilen mit Vernunft versehen; im übrigen Bleianspitzer! – und mutterseits schlesisch vermindert geprägt – schüchtern wohl und verzagt, etwas beständig und fest, kaum treuherzig, gar nicht umständlich, leider ohne schlesische Geduld. Kein Verrat noch Bestechung wird mich entlohnen, flüchtig anderswo zu siedeln als im Brandenburger Land. – Oberfranken ausgenommen! Grünberg, Waldmühl, Opitz und Scheffler sind genommen, mir aber weiter beigesellt. Was endlos dauert, dauert irgendwann: Berlin habe ich so lange bewohnt, bis es mir zuwider wurde. Die Stadt ist verbeult, verbogen; mich hat sie gekrümmt. Gewagte, falsche Formen, Hyperbeln etwa, schätze ich gering; mich begeistern und umfangen rotierende Ellipsen, eiernde und waltende Weltovale. Auf einem Globus wohne ich, füglich gepflanzt, sachte gedreht. Erde heißt die Welt im Ganzen, eine Handvoll davon ebenso: Erde. Auch Land kann ein großes heißen oder ein Stück nur. Leben benennt Alles oder das eine und geringste. In Eintracht zwiespältig (concordia discors) seien mein Wesen und Wohnort, wie auf Horaz' Weisung. Wo aber Rettung ist, wächst auch die Gefahr. Es entstehen unschwer üble Begierden, wenn sich ein Land hergibt. Rand wird dann Mitte. Habgier entbindet Meuten und Raub; es folgt die blutige Teilung der Beute. Das ist die hohe Zeit der geschichtsberüchtigten Despoten, der gewieften Stumpfgeister, der Gier. Die blutgeschwellten Weltenströme werden nie versiegen. »Wenn dieses üble Gebilde durch Ansammlung verkommener Menschen so ins Große wächst, daß Orte besetzt, Kolonien gegründet, Städte erobert, Völker unterworfen werden, nimmt es ohne weiteres den Namen Reich an, den ihm gewiß nicht verworfene Habgier, sondern erlangte Straflosigkeit verleiht.« So weiß es Augustinus im Gottesstaat und aus eigener Anschauung; die Stadt, in der er starb, war von Vandalen belagert. Wo freche Räuberhaufen herrschen, da pressen und quälen sie und ihre Zubläser Stadt und Land. Die groben nehmen alsbald die Laster der feinen Leute an, diese hingegen die Roheit ihrer Bezwinger. Die Erdbeschaffenheit verwandelt sich dadurch: die Flüsse laufen seicht oder sie rasen wütend über ihre Ufer; die Berge zerbersten oder sie fallen in Schlünde. Die Meere holen tief Luft und nehmen Anlauf, das Übel zu ertränken. – Ja? Ach was! Das tun sie nie. Sie lassen alles und Alles laufen.

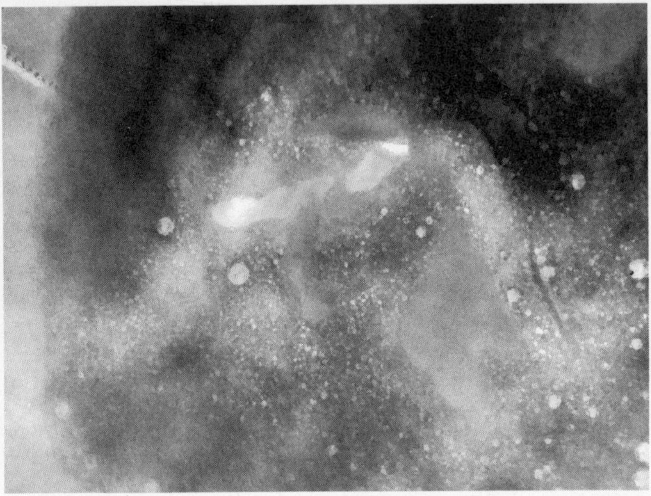

Da hörte ich mich an einem Dienstag morgens auf eigenen Fittichen dem kalten Winde davonjagen. Straßen, Autos, Bäume, alles überzog ein Schmelz, ein Glast und Flor (aōtos); das war kein Zuckerseim, sondern Rauhreif, heller und glänzender als Glas. Schellings »innerer Freund« trug mir die Tasche. – Mit herculischen Berühmtheiten verkehre ich nicht. Meine Vermutung geht dahin: Herakles war ein abartiger Mistkerl; er raubte, quälte, rottete aus, er vergewaltigte, wütete, leitete Flüsse um. Neuerdings wüten weit unwürdigere Scheusale in der heimischen U-Bahn – die Blutbahnen der Stadt zu stocken? Oder entbinden Unduldsamkeit und Ungeduld gepaart mit Dünkel Totschlag? Wenn die alles überwölbende Macht, der wir vertrauen müssen, das ordnende Gleichmaß abweist und seiner Herrschaft enträt, dann meint sich bald der am größten, welcher am wüstesten tut. Und was, wenn sich Niedertracht und

Übel als das Beständigere erweisen und die Ruchlosen sich durchsetzen? Wie schadenfroher Darwinismus, als survival of the sledgehammer? – Daß alles sich einzig um sie dreht, ist das Unleidigste an der Gewalt; es fällt dann schwer, klare Gedanken zu fassen und minderer Dinge zu achten. In den Jahrzehnten kam es häufig vor, daß ich Menschen in der Bahn traf und grüßte, die ich zu kennen meinte; es waren aber Fremde! Und wenn ich sie ansprach, Verwunderte. Einige sahen auch schon einen Mann, der so aussähe wie ich! – Soll ich ihn töten, wenn ich ihn treffe? Was, wenn es Damien Hirst ist, der mir ähnlich sieht? Sind Doppel- und Wiedergänger Gefährten oder Feinde? – Ein sonderbares Gegenbild verblüffte einmal Goethe zu Pferde auf einem Fußpfad gen Drusenheim: »Ich sah nämlich, nicht mit den Augen des Leibes, sondern des Geistes, mich mir selbst, denselben Weg, zu Pferde wieder entgegen kommen, und zwar in einem Kleide, wie ich es nie getragen: es war hechtgrau mit etwas Gold.« Der Spuk war vorüber, als er sich aus diesem ungefähren Traume schüttelte. – Auf Reisen trage ich gern Dunkelbraun und falbes Grün; Gold meide ich. Neuerdings werden Pflaster und Verbände mit Silber bedampft, weil es die Heilung beschleunigen kann. Mich feit das Mondmetall als derbe Gliederkette, deren ich mich manchmal schäme, weil sie nach Lude riecht.

Bismarckstraße: Umsteigen! Also stieg ich aus und um. – Man spiele Lotto nur mit Widerporst, wähle Zahlen über Einunddreißig, keine Monatszahlen und Geburtstage also, meide Muster und tue somit das wenige mit Bedacht, das getan werden kann. Allein, solches wissen auch andere, und so verflacht hierbei die Gunst im Glück abermals. Der größte Vorteil erwachse aus dem Spiel, das man gar nicht spiele, verrät Girolano Cardano im Liber de Ludo Aleae, im Buch vom Würfelspiel seit 1524. Das also kann auch längst jeder berücksichtigen! Obzwar ich mich keinen nichtigen Dingen hingegeben haben will – wodurch mein Herz nur einsichtslos verfinstert würde, bis es einmal gilt und der Tag kommt, der ein abwägender, ein entscheidender sein wird; obzwar und wiewohl … – Der Töricht in mir wollte trotzdem würfeln! Ach, und weil ja die Stimmung des Herzens die Seele einfärbt, genehmige, ja auferlege ich mir zuzeiten

Leicht- und Blödsinn! – Allerdings würde es heute ohnedies knapp werden, mit dem Tun des Tippens; darum wollte ich gleich, wenn die Zeit reichte, auf dem Flughafen suchen, ob auch dort Lotto zu spielen sei. – Flugs flog schon die U-Bahn herein; die Türen fauchten auf. Einer ging raus, ich rein. Ein Rotlicht blökte mahnend, die Türen klatschten zu; wir stoben davon. Ein Kind weinte um irgend etwas; die Mutter sagte ihm: »Damit erreichst du doch nichts!« – Ja, mein Gott! Eben darum weint es ja! Als meine Mutter dem Kinde, das ich war, bisweilen zärtlich ins Ohr blies, durchfluteten mich Wonneschauer. Falls die Geliebte später ebenso tat, war die Wonne gleich und schwüler noch. Ohrenbläserei nannten die Alten das heimliche Übelreden gegenüber den Freunden eines Anderen; für mich bleibt sie ein Himmelshauch auf Erden, für immer. Wer nichts will, ist vielleicht zufrieden, aber nicht frei! – Oder ist, wer nichts will, möglicherweise frei und dennoch nicht zufrieden? Oder ist nur frei, wer nichts will und gerade hierin Zufriedenheit findet? Wenn ich leide, bezeugen mir die Elemente ihr Mitleiden, und ich bitte sie: »Sagt mir etwas von euch!« Und mit lauter Stimme rufen sie: »Ipse fecit nos! Er hat uns erschaffen!« – »Also sogar auch euch?« frage ich Stühle und Bahnsteige, Tränen und Ohrenhauche? – »Ja, sogar auch uns!«

Und da standen wir Fahrtgenossen dann klamm am Jakob-Kaiser-Platz, an der trostlosesten unter den trostarmen Bushaltestellen dieser Stadt, und warteten, von Autobahnbrücken und Lärm umstellt, mit matten Blicken den Bus herbei. Unterdes zogen über uns in Scharen Krähen ihre Bahn durchs dumpfblutige Morgenrot, und Tauben lahmten um Futter am gefrorenen Boden zwischen Abfall umher. – Wie wohl fühlen sich die Tiere? Frühe Fröhlichkeit erweckt oft nur die Sommersonne bei heiteren Gemütern. Abends freilich sind solche Unbeschwerten erschöpft und zuweilen todtraurig. Auf einem Ast, den ich vom Küchentisch aus im Auge behalte, krallt sich, so es dämmert, eine müde Kohlmeise fest; morgens aber verrichtet sie unablässig frohlockende Schwerstarbeit: »Ö; i-ö, i-ö, i-ö, i-ö; ä!« so singt sie unermüdlich. Beim Warten und Erwarten dauere ich gedankenleer und stehe ungültig und öde da wie auf zugigen Bahnsteigen. – Das wäre das Schlimmste: im nächsten Leben eine Haltestelle, ein kleines, dämliches Wartehäuschen, ein öffentlicher Aushang in Erwitte oder Anröchte. Mit der im Fahren vorbeiziehenden Landschaft ziehen alsdann Gedanken auf; darum schaue ich gern aus Zugfenstern und Fahrzeugen. – Ich erinnere den alten, lebensklugen Berber, der sich damals in den weitläufigen Toiletten der Tempelhofer Flughalle verschämt die Füße mit dem dort verfügbaren Warmwasser wusch und nebenbei auch noch kleine Wäsche einweichte. Ich nickte dem Treber gleichgesinnt zu und mahnte: »Nur unter Eingeweihten läßt es sich leben!« Und das meiste, empfahl ich, solle man ohnehin für sich behalten! – »Diesen Born hier verrate ich keinem!« ließ er sich da vernehmen: »Sonst drängt noch jedweder Kojote in dieses Caldarium!« – Es gab eben auch hier die Dummen und die Klugen, und diese werden einen Dreck tun, sich mit jenen gemein zu machen! »Seien Sie gewarnt!« gab ich ihm Bescheid: »Die Behörden wollen auch hier nächstens dichtmachen.« – Da wandte er sich wieder seinen Füßen zu, die er so demütig wusch wie die eines anderen und sprach: »In diesem Landstrich gibt es noch andere Häfen, auch welche mit Lavabos und beheizt.« – Kein Mensch! flehte ich da, kein Mensch, ob arm, ob reich, darf sich das eigene Gelingen als Schande ins Gewissen pressen lassen!

Aus alles überwölbendem Wolkengroll stob plötzlich ein Blitz auf mich! –: Auch die Bomberflotten und Elendslegionen hinterließen allezeit wie Alarichs und Geiserichs Rotten Ruinen und Stumpfsinn! Der Tod findet Abglanz im Schlaf; Mantik und Schauung finden Abbild im Traum; das Paradies findet Widerglanz in schönen Gärten; Gold und Silber schimmern verheißend in Sonne und Mondglanz. Eine schorfige Keule wirft Abbild von Verwüstung und Ungeist. Es gilt wider den Hauer zu löcken! Genie sei die Gabe, geschickt zu entlehnen; es zeichne sich eher durch die Gnade des Findens als Erfindens aus, ahnt einer, der dem Dionysius huldigt. Das Pendel meines Bedachts schwingt hin und her, von Geistesträgheit gebremst, vom Seelenschwung gestoßen: So schlägt es aus vom Makellosen zum Dreck und zurück zum Guten und wieder zum Abstoßenden. – Wie bloß kleiden sich die Menschen dieser Zeit?

Warum geben sie sich laut und grob? Nichts machen sie mehr schön! Pfusch und Pfuhle des Unflats beizen alles grau oder grell. Stadt und Kloake werden eins. Viele wohnen wie zwischen Abraum in Polsterwüsten und Betonkartons. – Alle aber beten sie den Schutzgott der Umwelt an! Das Sprechen gellt und belfert. Der Geistrest zürnt oder greint. Zeichen des Blödsinns ritzen Haut und Wände. Kunst kommt von Konto, Kot oder Kotzen. – Wie kann ein schlichtes, dienlich Ding, ein Teller etwa, unschön sein? Es kann! Morsch und faul das Land; der Staat entrückt. Dem Volk ein wenig matte Lasterlust und Sündenglut am Bildschirm. Die Seelenschönheit beißt der Haß weg. Und was sie alles hassen: Fliegen gar, sich selbst und wehrlose Stäube! »Wenn jemand den Menschen befähle, alles Häßliche zusammenzutragen, und dann wieder davon zu nehmen, was sie je für schön hielten, bliebe kein Stück zurück!« So bemerkte ein Sophist vor zweitausendfünfhundert Jahren. »Die schönste Welt aber (kallistos kosmos), die gleicht ohne Zweifel, mit dem Schöpfer selbst verglichen, einem Kehrichthaufen!« Darin war sich Heraklit sicher. Aber selbst aus den unförmigsten Überresten und allem Unrat können Gestalten geschaffen werden, die himmlischem Wesen und höchster Ordnung nicht zuwiderlaufen. – Wird uns darum vielleicht vandalische Gewalt retten? Nein, sie ist ebenso verderbt, nur anders: dumpf und archaisch. Wer mich totschlägt, ist noch nicht ausgemacht. Wenn ich aber erschlagen sein werde, wird ein Pendel durch die Milchstraße schwingen: vom Licht (phōs) her und jauchzend hin zur Herrlichkeit (doxa), in Ewigkeit! Amen und Aus! So.

»Endstation! Flughafen Tegel: Alle aussteigen!« – Aufforderung zum Aussteigen. Der Busfahrer trug einen Ohrring und mochte so wohl längst und einst Aussteiger gewesen sein. Also stiegen auch wir aus. Die Uhr zeigte: von Haus zu Hafen achtzehn Minuten. Unterdes einige gefügte Denkwürdigkeiten; die merkwürdigste, im Bus noch rasch verträumte, so beschaffen: Aristoteles! – Der senkte seinen Blick zur Erde in Erinnerung, und in Erwartung warf er ihn himmelwärts. Euklid aber zog, Menandern ähnlich, die Brauen hinauf und senkte das Haupt, wenn er einer hübschen Dame ansichtig wurde, die passabel schien. Ambrosius wieder soll allein Frauen, die ihn ekelten, gewagt haben anzuschauen, nämlich so, als ob sie ihn entzückten; das war sein ihn selbst strafender Blick! – Woher wissen wir so etwas überhaupt? Ich jedenfalls senke den Blick in Erinnerung und sehe himmelwärts, wenn ich an meinen Schatten denke. Die Menschen wähnen das Befinden der Toten verschieden: An selige oder unselige Entrücktheit sowie an Auferstehung, Paradiese und Höllen glauben die einen; andere glauben an Wiedergeburten; wieder andere vermuten gänzliche Vernichtung, erlösende Nichtswerdung, endgültiges Nichtsein. Einige Völker aber nehmen Schattenreiche an; in ihnen leben die Toten zu Schatten verdünnt und gänzlich entkräftet und leiblos als ausgezehrte Zwielichte, die ewig wehrufen. Diese Seelenschatten flattern umher wie Traumgespenster – und das habe ich selbst schon so geträumt und einmal, im künstlichen Fieber, sogar erlebt! (Und beschrieben steht es im Schleizschen Gottesbeweis.) Als Schatten sind die Toten dann unsterblich. Was aber, wenn es die Lebenden einmal sein werden? – Als Uralte kosten sie es schon. Wird ein unsterblicher Mensch sich überhaupt noch aufraffen, sich hüten und pflegen und etwas erstreben? Sorgte und ängstigte sich so einer dann noch? Wird er nicht alles aufschieben und so gleichgültig werden wie seine unzählbaren Tage? Und woran glaubt der Unvergängliche dann noch? – Die Fragen richten sich auch an die, die längst unsterblich sind: an die Götter und vielleicht die Schatten. Sie alle wollen und können nicht antworten. – Doch siehe da! Ich lief so vor mich hin und da fand ich einen Laden für Lotto und Tabak auf »Terminal E«. Und auch eine Apotheke betrat ich noch; dort kaufte ich Olbas-Tropfen und salbte mich damit.

Einer unduldsamen, zornigen Confessio und einer anderen, schlicht und bänglich wie behaglich am Leben hängenden wegen, dieses Widersinns halber, sind wir weltweit genötigt, durch die entblößenden Wehre der Flughäfen zu geistern, ob wir etwa Mordabsicht und Dolche bei uns trügen. Beschämendes Tegeler Bild: Eine altehrwürdige Nonne, die auch nach München zu reisen trachtete, huschte schüchtern durchs Tor und löste Alarm aus! – Da wir angeblich alle gleich sind, mußte auch sie den all- und gleichseitigen Verdacht und die Leibesvisitation ertragen. Um alle einzugleichen und gleichzumachen stellt der Staat gar Beauftragte, die sich als Wächter des Gleichen gleich über die Gleichen und besser stellen. Auf einen Wink der feixenden Götter hin, nennen sie das: »positive Diskriminierung«! Die schon Durchgelassenen und die der Ordensfrau Nachrückenden sahen mit an, wie sich die Nonne nach

Waffen und Sprengstoff abtasten ließ. An ihrer Brust über dem Skapulier schlug der Metalldetektor an und pfiff blöd! Da zog er, der Pfiff des Detektors, gleich auch alle blöden Blicke auf diese Mißachtung: Die Braut des Himmels hatte, einer schnöden Luftfahrt wegen, ihr Kreuz darunter vor diesem Tore nicht ablegen wollen! Dann warteten wir abermals öd, und unter allen, die öd warten, warte ich wieder mehr als alle anderen öd. Werden wir eventuell exerzieren müssen, den Grimm einiger ungebärdiger Völker zu bezähmen, bevor sie uns zuschanden machen? – Dann aber doch nicht mit pfeifenden Detektoren! Kleiner Furcht wegen oder die schale Zeit mit Sinn auszuschmücken, erfaßte mich der Einfall, meine Schürsenkel festzuzurren und: der rechte riß gleich! Mit den Rißstücken schnürte ich den Schuh behelfsmäßig zu. Im Pissoir sprach ein hochgestimmter Reisender frech zum anderen, ohne daß ich die zwei sah: »Küß die Hand, ich bin die Klofrau!« Darauf belferten beide einvernehmlich; ich nun gewiß, wer sie seien. Wer aber bin ich? Blöde Frage! Erstlich weiß es ja doch jeder ganz ohne jede und vor aller Grübelei, und anderns wird niemand es jemals klären können mit noch so blendender Denkkraft. Ich weiß wohl eher, was ich nicht bin. Diese taugliche Ungewißheit trug mich ins Flugzeug. – Flugzeuge deute ich als Widerhall der Existenz und Gegenwart von Engeln und Wundern. Der Dünkel denkt das umgekehrt und hagiophob.

Ebendies wird mein Schreiben sich laut auszusprechen erkühnen: Kundig des Flüsterns, vermeide ich tunlich, zu diskutieren, zu disputieren und zu zanken. Meinungskämpfe fliehe ich. Ränke widern mich an. Von der Spucke des Eiferns (zelos, Sabber, Geifer) bespieen, suche ich das Weite. Es genügt, dem Wahren und der Wirklichkeit zugewandt zu bleiben, so wie sie ist und wirkt, oder so, wie man erfaßt, daß sie sei und wirke. Das Schweigen aber bleibt der ewige Goldgrund gewichtiger Worte. Im Sturmwind, Beben und Feuer verbirgt sich das Eigentliche nicht! Es steckt in zartem Wehen, in Milde und Sanftmut, die Luther Lindigkeit nennt; ihr eignet friedfertige Mächtigkeit und Ebenmaß. – Nicht, daß wir nicht gelegentlich ausbrechen und kontern könnten; es ist dem Zorn erlaubt, das Übel anzuspringen! Grundsätzlich aber üben wir Geduld, halten tapfer stand und bestreben Klarheit. Schön geführte, schlagende Beweise, der Satz von Weierstraß wie der des Pythagoras, der Fixpunktsatz von Schauder, das Weylsche Lemma, Einsteins Additionstheorem oder Leibniz' Beweise, sie alle ruhen in leiser Einsheit und Einfalt und haben Ebenmaß, aber sie stechen auch! Das Latein weiß und kann es ebenso wie jene: »Attingitur inattingibile inattingibiliter.« – Erfaßt wird das Nichtfaßliche auf unerfaßliche Weise – als ein beschwörendes, lateinisches Stottern! Gut, daß diese Sprache stimmlos, aber nicht stumm geworden ist. Mit Leuten, die keinen Sinn für Mathematik haben, verkehre ich nicht! So bin ich einsam geworden und rechne mit allem. Was bezweckt und bedeutet es, daß sich keiner je gebären, wohl aber jeder selbst töten könnte? – Zwischen zwei silbrig pflügenden Düsenschwingen fuhr ich in neuntausend Meter Höhe ganz frohsinnig dahin, schlürfte einen gutgelaunten Tomatensaft und las die Zeilen, des Sinnes, daß, wer verletzliche Geheimnisse zu bergen habe, feist und grob wie ein altes Weinfaß durch die Welt rollen dürfe, denn »die Feinheit seiner Scham will es« so.

Ein Vogel erzeugt und baut sein Nest; ein Kücken zeugt er. Spinnen sondern Fäden ab und flechten Netze, aber neue Spinnenwesen gebären sie. Fische machen gar nichts weiter, die tauchen, lassen sich fangen und besamen einander nur ganz beischwimmig. Paarung kennen auch Tiere; Hochzeit bleibt Menschen und Göttern vorbehalten. Menschen ohne Sprosse sind beizeiten abgeschieden, alsbald auch ausgestorben. Die Brache der Maultiere ist voller Unschuld, selbstverschuldet die selbstsüchtiger Esel. Es besteht Hoffnung, sofern solche zumindest ein gewichtiges Werk hervorbringen. Eine moderne Musik oder Kunst wöge zu leicht. Mindestens ein schönes Möbel, ein Schrank, ein Cello oder Buch sollte es sein! Gewiß ist ein Buch eine ewige, unwandelbare Gestalt; im Leser aber fällt es ganz seiner Zeit, Gesinnung und Neigung anheim und wird bewohnt wie ein Gehäuse und besamt wie ein Ei. So hat auch hier eine Schwangerschaft stattgefunden, die freilich seltsame Sprosse entbinden kann. Da wird der Vater sich im Kinde vermutlich nicht wiedererkennen. Wer je schöne Schränke aufschloß, den erfaßte oft auch schon arger Schrecken! Schrank und Schreck sind unheilschwangere Geschwister. Das Schaurige des Cellos aber ist mißratener Schall und berstendes Holz. – Eine Hirschkuh wird auch Hinde genannt, eine Lilie Gilge, beide des Ägidius wegen, der von einer Hinde gesäugt wurde und einen Pfeil abfing, der sie treffen sollte. Außerdem beantwortet Ägidius Fragen des Zweifels an der Makellosigkeit (immaculata) ganz schweigsam, indem er an beliebiger Stelle, sogar auf Fels oder Asphalt, im Nu beweisführende Gilgen mit schloh- und lohweißen Blüten aufsprießen läßt. Auch Susanna ist hebräisch: die Lilie. – Jetzt aber, meine ich, jetzt hält dies Wort auf Jahr und Tag: »Das Brot (lähäm) im Haus erspart den Mehlmann!« Das Außersichsein (ekstastis) in Folge des Unglaublichen (paradoxa) kennt nur, was welkt, bleicht, zerstäubt – und zeugt, fortpflanzt und Frucht trägt. Dann wird das Dunkel wieder licht und schmuck, und alle Kümmernis wendet sich in Frohsinn. Cello, Baß und Geigen, die singen dann den Reigen, zum Freudenpaukenschall!

Landung ist immer auch Erdung. In München ist es das Erdinger Moos. Das Fluggerät polterte auf seine Haltestelle hin, und als es endlich stoppte, da eilte ein jeder, auf eins! so ungeschlacht, daß wir widereinander den Ausstieg hemmten. Folglich standen wir allesamt noch endlos dämlich zwischen den Sitzreihen in der Flughülse umher und drängten die Ungeduld in minutenlang bedrängte Starre. – Dann ging, auf zwei! der enthemmte Fluchtlauf durch die zweckarchitektonische Moderne los, und abermals ein Abstieg durch die Schlünde der Erde zur Bahnstation (katabasis). Die Wirklichkeit ist schlechterdings mit reichlich Blödsinn ausgeziert; warum, läßt sich kaum ausdeuten. – Wir werden es gleichwohl versuchen! Nun, es läßt sich ohnedies wenig daran ändern. Die Menschen könnten viel Häßliches bleiben lassen; aber dann säße ich möglich noch am Küchentisch und dauerte nur ewig vor mich hin, aus

Furcht, die Welt zu verbeulen. Auch hier am Bahnhof wieder: Wir Menschen warteten, und ich mehr und auffälliger noch als die anderen. – Könnte meine Absenz diesen Augenblick salvieren? Zur Probe schloß ich die Augen: Da ließen sich sogleich die ruhlosen Geister des Erdinger Halbergmoos vernehmen, welche, vom weit in die Wälder und Auen geschlagenen Airport ihrer Wohnungen beraubt, nun, voll des Kummers und Heimwehs, notgedrungen in den S-Bahntunnels der Umgebung herumspukten. Sie verstecken sich im Neonlicht der unterirdischen Bahnsteige; dort ächzen und jaulen sie, bis all das hier einmal vorbei sein wird. Vorerst saugen sie Niesel und Nebel in die Tunnel, um sie sich wohnlich zu machen. – Und sie verstecken sich gut! Als nun endlich der Zug anrannte, stoben sie hinaus zur nächsten Station, wendeten dort und hetzten erschrocken auf dem Nebengleis zurück in ihre Ödnis, derweil wir zur Stadt hinausjagten. – Letztmöglich geht es vielen Menschen auch so? So unbehaust und verfemt? »Von Gnaden Gottes bin ich, was ich bin. Und seine Gnade (charis) an mir ist nicht fruchtlos geblieben, sondern mehr als alle anderen habe ich mich abgemüht; nicht aber ich, sondern die Gnade Gottes mit mir!« So rum erklärt sich Paul den Korinthern. Charis aber bedeutet: Annehmlichkeit, Anmut, Liebreiz, Grazie, Gutherzigkeit, Charme – und ist so eine Gabe und Begabung; überdies bedeutet Charis: Huld, Gunst, Segen – und ist so eine Gabe und Beigabe.

»Kümmer du dir lieber um dir!« wies mich kürzlich eine Berliner Renate zurück, deren Befinden ich doch recht teilnahmslos, ja fast hornhäutig zu erkunden gesucht hatte. Was Hämorrhoiden beträfe, forderte Freund Gonzalez zu größter Achtsamkeit auf: »Denn du hast zwei Augen, zwei Ohren, zwei Nasenlöcher – aber nur ein Arschloch!« Wenn mich schon kein Arzt beargwöhnen darf, so tue ich es doch gelegentlich selbst und suche gründlich nach der Geißel meiner Lebendigkeit, die sogar Tiere trifft und stattliche Bäume anfault. – »Hat dich nicht längst«, behorche ich mich streng, »eine Krebsgeschwulst angepackt? Oder ist es etwa ein Dachschaden, der dich angreift?« Oder leimte mich etwan nur wieder übelwitternder Trübsinn? – Irgendwann jedenfalls beginnen die Brunnen der Zuversicht wieder zu sprudeln und dann wird Alles zuweilen doch gut! – Der Hoffnung nie ermangelnd, schläft ein Trost in allen

Dingen, die sonst säumen, fort und fort, und die Welt fängt an zu schwingen, triffst du nur das: Zauberwort. – Wer aber kennt seins? Oder überhaupt eins? Auf dem Weg durch München die Thierschstraße entlang zum Hotel verkaufte kurz vor St. Lukas ein Schuhmacher Bernwieser, dessen Zauberwort: »Fußfit-Forum« war, feine, feste Senkel, als warteten sie und er auf mich und diesen Moment, da ich endlich auf sie und ihn hingeführt worden war. Nach der kärglichen Ungnade beglückte nun kleine Gunst. – Ein Zufall? Wie auch immer, die Waagschalen meines Gemüts als auch Geschicks standen wieder eben. Im Hotel Dollmann bezog ich ein kleines, behagliches Zimmer. Vornehmer, trostreicher Gilb umfing den Gast des Hauses. – Wer bloß setzte diesen Fluch in Gestalt jener Konzept-, Design- und »Arte-Hotels« in die ohnehin so unwirtliche Welt? – Ach, Mensch, als ahnten wir es nicht! Und unten im Salon beschäftigten sich ältere Herren großformatig mit irgendwelchen süddeutschen Zeitungen, ohne ihnen groß Glauben schenken zu wollen. Gut so, meine Herren! Oder glaubten sie ihnen doch? Denn die an keinen Gott mehr glauben, die glauben nunmehr, was in der Zeitung geschrieben steht. – Ach, Mensch! gehorcht ihr alle nur der schwatzenden Canaille; ich behorche Götter und Geister, die schweigen! Und sei es auf Bahnsteigen in Erdinger Moosen.

Der Mensch sei eines Schattens Traum, so Pindar, doch nahe bei ihm, wenn alles günstig, sei auch heller, gesegneter Glanz, und hierdurch werde das Leben leichter. Bei mir kann ich das so nicht finden. Der Mensch ist im Grunde heillos und hilflos in sich, aber er kann ja hinstreben und zutrauen und sein Gemüt über das Sinnfällige emporführen. Die Herzenshärte (sklerokardia, Eisbitter) dieser Tage macht alles nicht einfacher. – Was hellt uns noch auf? Das Sparlicht doch nicht! Wem es an Geschmack mangelt, der muß sich an das Angesagte und auf dem Laufenden halten. Auch wenn ich sie geringachte, so werde ich die Macht der Zeitgeister und Moden nicht abstreiten wollen und suche sie möglichst zu ahnen, zu wittern und mit Vorsicht zu betasten. Der vortreffliche Gedanke, der Ernst, die Ernstlichkeit und das dazu passende Würdegehabe seien nichts als verschlagene Kniffs und Winkelzüge und Verkleidungen, um für überlegter und gelehrter zu gelten, als man in Wahrheit ist und zu sein vermag, der soll hier ganz ernsthafte Würdigung erfahren, indem wir etwa fragen, wie wir es selbst damit halten? – Nun, wir kennen uns aus: Man umstelle Würdepumpen, meist sind dies salbende Festredner, mit Buchsbaum, lasse Quartette einen Saal in Moll streichen, ziehe Effekte, zapfe Affekte und blase Weihe über Gefäße voll verblasen flüchtiger Gefaßtheit; dann ist der Blendbrei angerührt! Auch in München beschmettern uns blendende Kapellen, schonungslos Affekte ziehend! Doch hierbei blasen sie Stimmung über Fässer, Seidel, Geselchtes und Schwaden von Tabak, ohne auf Höheres, doch aber Treffliches zu zielen! – Man schunkelt und munkelt profan. So wollen auch wir es halten! Blechbläser, Kellner und der Schreiber solcher Zeilen peilen einzig Freibier und Gagen an. Ums Begreifen kann es ohnehin nie gehen. – Und Ruhm liegt außer Reichweite. Das Präfix Erz kommt von archē, vom bestimmenden Ursprung also. Das Erzdunkel aber und das Unausforschliche, die seien ohne Brimborium ruhig zu verehren. So hielten es schon Goethe und auch Rainer Rilke. Denn wer jetzt allein ist, wird es lange bleiben und ruhlos zwischen Blättern treiben.

So lief ich gleich wieder aus dem Hotel hinaus zum Marienplatz und faßte Fleischkäse und Brezeln unter Menschen. Dann kehrte ich im Gasthof Donisl ein. Und wieder bekam ich keine K.o.-Tropfen ab! Früher waren sie gebräuchlich hier. Mit Rohypnol kirrte das frevlerische Hauspersonal einst Säufer, Hinterländer und Reisende und weidete ihnen die faulen Bäuche und Börsen aus. Als ich einst eine Postbotenstelle bestellte, gab es an der oberen Wende einen Schrotthändler und einen Schnaps bei ihm und täglich auch ein längeres Gespräch zwischen Schrotthandel und Post. Zwei zukunftsträchtige Branchen, das ahnten wir, disputierten ergiebig. Der Schrotthändler hielt auf Kant. Wenn ich eintrat, griff er sich einen der Bände seiner rostigen Akademieausgabe aus einem eigens hierfür gefertigten Eisenregal und machte einen Buchstich. Gemeinsam folgten wir dem zufälligen Absatz, den er laut vorlas; dann legten wir ihn aus. Dem Schrotthändler war naturgemäß an Ordnung gelegen. Der Schnaps, den er mir aufdrang, sollte mich weder beschmeicheln noch verrücken, sondern obenaufschwingen. Stets auch lag eine Bildzeitung vor ihm aufgeschlagen; so, wie jetzt eine vor mir, im Hacker-Pschorr an der Münchner Hauptwache. Zwischen die Zeilen der Bild schoben sich ihm wie mir die lieblichsten Erinnerungen und stets auch verläßliche Geistfunken. Leider riß mich am Biertisch der Hackerschen Schwemm ein Redseliger immerzu aus meinen molligen Gedanken. Ganz plötzlich offenbarte er mir: Glücklich verheiratet zu sein! »Schön!« log ich. »Haha!« lachte er da laut auf: Seine Frau, ja, die sei glücklich! Und er sei verheiratet! Ob ich verstünde!? – »Ja!« log ich. Und als er ihr, seiner Frau, einmal auch eine Freude zu machen versprach, da habe ihm seine Frau geantwortet, daß sie ihn vermissen werde! Abermals lachte der Mann hierüber raumig auf! Dann zwinkerte er mir zu und legte ein ernstes Gesicht auf: »Meine Frau, die hat ihr eigenes Konto, bei der Spaßkasse! Verstehn's?« – »Ja!« log ich. Und wieder unterbrach er jäh und rief dem Ober: »Zahlen, bitte!« – Wähnen wir hier etwa die Rückkunft der Gynaikokratie? des Matronats? Und werden uns Furien oder Eumeniden, Wohlwollende also, bezwingen? – Es gibt überdies keinen liebenswürdigeren Menschen als ein altes Ehepaar! Prinz Philip beliebt seine Gattin Elisabeth II. zu liebkosen, indem er sie zärtlich »cabbage!« (Kohlkopf) ruft. Den zartkrausen Köpfen unserer Damen schenken wir unsere Huld; sie sind uns Schau- und Suhlwonne. – Dem Lessing nicht! der Jugend sei's geklagt, wenn uns die Lebensneige nicht behagt.

Seine Geschäfte verrichtete der Schrotthändler in einer parterre gelegenen Ladenwohnung mit vielen vollgestopften Zimmern, die freilich vielschichtige Anordnungen verbargen: In dieser Ecke türmten sich Haufen von Schrauben gewisser Größe, in jener Uhrenfedern bestimmter Beschaffenheit; es gab Kupferkammern und es hielten sich Zinnzuber bereit. Wir disputierten eine seltsame Melange aus Bildzeitungsstoff und Kant, unterdes ich, als Postler, ganz klar ein Anhänger Hamanns blieb. Ich siedelte und dachte mehr im Orbit Hamanns und Schleiermachers, wenn nicht gar Schlegels – vulgo Schlegelmachers! Und er, der Geschäftsmann, schoß gelegentlich über Kant hinaus in die Geistesphänomenologie. In Hegel erkannten und beschmunzelten wir Hamanns »wächserne Nase« und den »Pappeldeckel«, an Morus den »Obersheriff«. Beide wußten wir, daß Kant dem Hamann einst eine Stelle als Packhofverwalter beim

Zoll verschafft hatte, was dem Postamt gleichkommt. Und so gingen wir entsprechend vornehm miteinander um. Damals ventilierten wir längst schon die These, der zufolge das Geld im Tausch auf der Grundlage Kantscher Aprioris funktioniere – und jenes diese sogar bedingt, ja, konstituiert haben dürfte! Das waren Früchte, die vor Müllers Geld und Geist reiften. Sohn-Rethels diesbezügliche Vermutungen waren uns desgleichen geläufig. Da kamen wir überein, daß die Marxisten hierin einmal keine verstiegene Exegese getrieben, sondern sich etwas Anregendes hatten einfallen lassen. Gleich aber mußte es dem Adorno mißfallen. Wir mutmaßten, es müsse ihn Neid entzündet haben, weil er die Idee nicht selbst entband. Horkheimer aber war Apparatschik und sein Amt, Sohn-Rethel, wie auch andere, kleinzuhalten. Von Wittgenstein hielten Post und Altmetallhandel gar nichts. »Er will handfest scheinen und bleibt doch ganz undeutlich!« rief der Händler. »Genau das aber lockt die ganze halbseidene Deutungsstaffel, die ihn hochjubelt!« So sprach er einmal ganz unvermittelt, und es stach! Als ich bei anderer Gelegenheit zum Altmetallhändler sagte, der Wittgenstein und der Bloch seien Schaumschläger, zürnte er: »Nein! Das sind Arschlöcher! Und die Bild, die weiß es! Aber sie traut es sich nicht zu schreiben.« – Nach solch unübertrefflichen Worten stand ich auf und ging.

Wir führen seit langem ein Buch der Gegenstücke und Gegenteilworte; die Trüffel hieraus: »Selbstverwirklichung« / vulgo: Egoismus; »freie Entfaltung« / Rücksichtslosigkeit; »qualitativ hochwertig« / Schund; »befreite Körpersprache« / Hysterie; »Catering« / Kotzering. – Nachmittags dann, um auch heute wenigstens wieder einen (1) Fehler zu machen, schaffte ich mir in einem modischen Münchener Kaffeegetueladen einen törichten Doppelespresso an. Gleich drei vom Biofutter geschwächte, umständliche Teilzeiter mühten sich, ihm, dem unausforschlichen, nach Blutwurst (botulus) riechenden Gast, mir also, einen schlichten Muckefuck maschinell aufzubrühen. Wahrscheinlich waren die Kaffeeköche alle auch biestige Vegetarier: folglich träg, reflexarm, von mangelnder Übersicht, schlaff und anämisch. – »Ohne Künste keine Beute, ohne Beute keine Kunst! Bedacht, Geschick und Umsicht verkümmern ohne die Jagd und das stete Reißen einigen Fleisches!« Das geben sowohl Hechte als auch Falken und Robben zu bedenken. Das liebe Hausschwein aber weint und sinnt: »Was bezweckt ihr Seltsamen, mich und mein köstliches Fleisch als unrein und krankmachend zu zeihen? Ersehnt ihr, mich als verfemte Rasse des Tierreichs zu behandeln?« – Das ist ein schwieriges Gelände, Schweinchen! Lange her, da warst du ein heiliges Tier! Hier aber, im Münchner Mokkastübchen, wuselte, weste und schusselte »das allgemeine grüne Weide-Glück der Heerde« umeinander her, die Gäste inbegriffen, mit ihrem gemeinen Verlangen nach »Sicherheit, Ungefährlichkeit, Behagen, Erleichterung des Lebens für Jedermann«. Allein, Nietzsche, Katholik und Kommunist, sie bilden keinen Gegensatz, sondern drei Glaubensrichtungen. Das gilt auch für mich, das Dreibein, das Dreiangel zu spielen versteht! Eine Viertelstunde später sprang mich zur Strafe für die eine (1) heutige Torheit und meine ausgedachten Abfälligkeiten und die drei (3) derzeitigen Frevel ein hinterlistiger Kaffeetremor an. Furchtbar! Brustraum und Stimme flimmerten und bebten wie Espe. Ich vertrug den Mokka nicht mehr; er schmeckte freilich und immerhin: ein Bio-Tremor war's, ein Münchener dazu! Der neue Bio-Gott aber ist ein zorniger, ein gebieterischer und auch nicht nur einer, sondern viele! Und verschlagener noch als die alten Götter! – Ich werde mich künftig mit Tees der Richtung »Palmolive mild« begnügen müssen, und auch den Quetzalcoatl um Segen angehen, da er ein Gott ist, der Blumen und Schmetterlinge frißt. Uns beide überwölbt und eint das Reich der Omnivoren!

Es rannte einer vor der Theatinerkirche so gezielt auf mich zu, daß ich ihm vor Schreck sein Flugblatt abnahm. Ich floh damit ums Eck in die Salvatorgasse und hielt dort inne, um zu lesen, was mir aufgenötigt ward und angedreht: Aha! Die Niedertracht der Atheisten – der Herr, bleibe ihnen gewogen! und lasse Gnade walten über sie! – löckte allein nur wider den ohnehin tausendfach Gekreuzigten. Vor zornigen Göttern und deren Zeloten haben sie Schiß, da kuschen sie, die Freigeister! Ihr Übermut ist ganz kleinmütig. – Ähnlich die Hasenherzigkeit der Pelzgegner vor handgreiflichen Lederjacken. Oder wie jüngst einer im Biergarten mir gegenüber für Walfische eiferte, unterdessen er kaltblütig, ohne seine Mahnrede zu unterbrechen, ein stechendes Insekt, das mit dem Saft der Säugetiere nichts als seine Brut zu stillen bestimmt ist, auf seinem Unterarm totschlug. – Den großen Schwimmern opfern sie kleine Fliegen, ihrer

Gewissensbissigkeit wegen! Der Rhythmus ist geordnetes Fließen (rhysmos). Der Fluß (rhoē) hier allerdings hieß: Isar. Vom Karwendel könnte man sich in sie hineinplumpsen und durch München und an Dingolfing besser vorbeitreiben lassen bis nach Deggendorf, das auch nicht ganz ohne Makel ist. Dagegen beschirmt nun ein entzückender Barockkirchturm den Ort; entworfen hat ihn der Münchener Hofmaurermeister Johann Baptist Gunetzrhainer. – Was machte die Alten so vortrefflich? Das Dreimaß? Friedrich Schinkels drei mal dreigliedrige Bauharmonie setzt zuerst: Die Zweckmäßigkeit der Raumverteilung, und hierin habe erstens Ersparnis, zweitens Ordnung und drittens Bequemlichkeit zu walten; setzt zweitens: Die Zweckmäßigkeit der Konstruktion, und hierin sei bestes Material, beste Bearbeitung und Fügung zu wählen; setzt drittens: Eine Zweckmäßigkeit des Schmuckes, und hierbei seien erst Ort, dann Auswahl und drittens Bearbeitung der Verzierung reiflich zu bedenken. Schinkel steht im Kreise preußischen Bauschmucks: Er thront inmitten Nehrings, Schlüters, Eosanders, Schadows, Knobelsdorffs, des Schlesiers Langhans und des Gilly Girlandenspalier! Das ist das Schinkelsche Gefüge. Kleist, Fouqué und Ernst Theodor Hoffmann schauen wohlwollend zu. – Es ist nicht so, daß sie die Baukunst auswendig kennten; sie können sie inwendig!

Ein Widerwille hielt mich beizeiten strikt abseits und einsam: Abscheu vor allem Nett-Einvernehmlichen, Sozialen; Greuel vor Teams und Grüppchen; Ekel vor Kantinenmuff. In der Schule allerdings noch doll doof und auf kollektive Weltverbesserung gesinnt, trieb ich meinen armen Vater in die Raserei. Meinerseits eine traurige Flegelei, die beschämt, denn sowohl der nationale Sozialismus als auch der, welcher dem Kommunismus voranzugehen glaubt, hatten ihn, den Kommunisten, den Enttäuschten, beinahe umgebracht. Im Alter zog er es vor, wie Wense, wie Huth, allein und weit zu wandern. – Wie oft mag er ganz verloren Berlin durchmessen haben? Zwischen aufschäumender und vollendeter Reifezeit muß der Mensch, insbesondere der junge Mann, als untauglich, ja gefährlich eingeschätzt werden; das sind wenigstens zwanzig unbrauchbare Jahre, ein knappes Drittel der Lebensbahn. Was soll das? – »Indessen gebe ich«, gab Hobbes am Ende des zweiten Teils »Vom Staat« zu bedenken, »nie alle Hoffnung auf!« – Denn immerhin, aus dem einem Jeden zugeteilten Doppelzentner Unfug und Penetranz können später bisweilen doch drei Gran Wohltat geseiht und selten noch ein Quent Vernunft geläutert werden. – Und was will eigentlich das Verhängnis? Nun, es wünscht, daß wir bisweilen oder gar unablässig Alles und Etliches beanstanden und redlich anfechten und gar zu verbessern trachten, aber es möchte sich gleichwohl und lieber von uns allen so belassen wissen, wie es nun einmal füglich ist und wird und ja ohnehin wird; und es möchte, daß wir keinesfalls bedenkenlos ändern, und daß wir rumpfuschen, möchte es schon überhaupt nicht! – Auf dem Viktualienmarkt beschaffte ich mir Obst und Käse, und der Wind trug mir zu, eine Frau trage sich mit der Absicht, ihrem Kanarienvogel – so beeidete sie es dort einer Verkäuferin! und ich beeide es Euch, geneigte Leser! – die Mandeln entfernen zu lassen! – Hatte ich recht gelauscht? Und geht denn so etwas überhaupt und hilft es denn? und bei was? und wogegen? – Deutschland ist ein angestochener Fettkäfer. Noch zappelt er nicht, er staunt nur blöd.

Abends gab es dann doch wieder geselliges Herumstehen. Erst stand ich, dann saß ich herum. – Sitzen entbürdet! Beim Stehen noch gestand ich einem Mann von der Münchner Abendzeitung meinen Annäherungsversuch an das Blatt während meiner späten Jugendjahre, als es mich damals eine kurze Strecke ganz mittellos nach Unterhaching verrückt hatte und ich meinte, ich könne doch um Geld für die Zeitung schreiben, die ich abends immer gern las. – Sie wird schon abends als morgige verkauft und so immer schon gestern zur gestrigen. Zeitungen sind ohnehin nur dazu da, die Vorzeit vergessen zu machen. Nun saß man neben dem gewichtigen Manne dort, der sich überdies anheischig machte, mein Werk zu preisen, und hätte wagen dürfen anzumustern. – Täte er mich darum, oder trotzdem, oder gerade darum jetzt auf gar keinen Fall einstellen? Nun, jetzt wollte ich es gar nicht mehr! und versuchen schon gar nicht. Ich lese sie stets mit Vergnügen, diese Gazetten, könnte aber ihr Niveau nicht mehr stemmen, lesend schon, schreibend keinesfalls. Außerdem: Erstreben zeitigt Verhindern, Verhindern zeitigt Beförderung, Gleichgültigkeit obsiegt zuletzt. Und von leichtfertigem Zugewinn lassen wir uns nicht blenden! Neben den drei welken Staatsgewalten gedeiht die Macht der vierten. Man bediene sich nur freimütig Herbert Marcuses und nenne sie: die Manipulative. Um derzeit in diesen Stand zu gelangen und dadurch in den Genuß ihrer Macht, bedarf es einer einwandfreien (»korrekten«) Denkweise mit demgemäßer Kasuistik; was kaum schwerfallen dürfte, da sie ohnehin alle mehr oder weniger umspült. Dazu studiere man noch etwas zur Weltsicht passendes, keine Naturwissenschaften, besser Politologie, Theater oder ähnlich freie Künste. Dann breche man ab, denn es gilt beizeiten Gesinnungsaufsätze um kleines Geld feilzubieten. Das Netz hilft, den Aufwand zu straffen. Einer mißgünstigen Definition zufolge sei Journalismus, wenn ein abgebrochener Germanist vom anderen »abgoogle«. Die Witterung, was sich gehört, was geht, steigert die Tauglichkeit. Wer auf dem Laufenden bleibt, braucht wenig wissen und Wissen. Geht alles ohne Malheur vonstatten, so wird vielleicht befördert, egal, wohin, Zeitung oder Sender. Volkserzieher brauchen sie alle. Auch die Parteien. Die geplusterte Prominenz, der feine Mob, auch sie brauchen Skandal- und Ketzerriecher, entwirrte Themen, handliche Klischees und ein wohnliches Weltbild.

Unversehens hielt mir ein neuerlicher Herr, der wie ein Gerichtsrat ausschaute und auch einer war, im Getümmel der Münchner Geselligkeit ein aufgeschlagenes Fotoalbum hin und zeigte mir darin zwei Burschen in Schwarzweiß: »Das sind wir zwei, Sie der hier, mit zwölf!« erklärte er mir scharf über seine Lesebrille hinweg und: »Das bin ich hier, mit zehn!« – Alle anderen um uns herum staunten, und ich versuchte es wenigstens: »Also, wir, der Herr hier und ich, wir haben uns bald sechzig Jahre nicht gesehen! Wir kennen uns aber schon seit über fünfzig Jahren! Verstehen Sie?« – Da taxierten uns alle verblüfft und abwechselnd: erst ihn, den Gerichtsrat, und dann mich; dann wieder ihn, den Gerichtsrat, und dann wieder mich, den Gelegenheitsdichter. Es half nichts! – Manches Mal schon beschied ich ein Nachtmahl leichtfertig abschlägig, so auch hier: »Nur etwas Bier bitte!« hörte ich mich schwächlich wispern und versank in einem Fauteuil nebenan. – Im Grunde war es Faulheit, denn Essen ist vermaledeiliche Arbeit: Gabeln, Löffeln, Sägen; am beschwerlichsten: Salate aufspießen, Schalentiere spleißen, widerspenstige Glibber einwärts verholen, dehnbare Käse aufziehen, zähe Geflügel reißen, trotzige Nudeln äsen und dergleichen mündliche Mühsal mehr. Außerdem hemmte mich immer schon das abartig öffentliche Fressen in Horden und Kantinen. Unterdessen ich in Gedanken den Eßakt verriß, übte ich zu München abermals die hohe Kunst, ein Gespräch abebben zu lassen. Eine Weile hielt es. Und während alle in Andacht ihre Teller benagten, vollstreckte ich, neue Redeflut flüchtend: den polnischen oder auch französischen Abgang! – das undramatische, heimliche Entschwinden also. Alte Lebensregeln auszutilgen ist ein riskantes Spiel. Später dann, wenn alles verdorben ist, aber doch weiterlaufen muß, gibt es die verstohlenen Rückgriffe auf Traditionen und alte Tugenden; sofern sich noch welche hielten! – Mein bewährtes altpolonisch-welsches Brauchtum aber und die ihm zu verdankende, glückliche Flucht steigerten mir draußen die Laune gleich unermeßlich! Eine mondleere Nacht umfing den Flüchtling und ließ ihn unerkannt davon.

Angenommen, mir wäre, wie den Siebenschläfern, vergönnt, von heute an hundertfünfundneunzig Jahre lang zu schlafen; dann erschlüge man mich doch gleich nach dem erschrockenen Aufwachen! Blaß und dünkelhaft zeugte ich von alten Zeiten, die, selbst schon erbarmungslos und eigensüchtig genug, weitere und noch entsetzlichere Katarakte in Gang setzten, welche in jener Zukunft, am Tage meines Erwachens, noch mehr Greuel, Verderben und Haß ausgebrütet und alles noch mehr bedrückt haben würden. – Oder auch nicht! Vielleicht werden die Künftigen mir die Füße küssen und in meinem Gepäck das althergebrachte Heil erkennen wollen? – Wohl eher nicht! Wahrscheinlich schenkte mir auch nicht Einer Beachtung, und alle Welt wiese mich ab! Der Nachtportier des Hotels sah auch schon sehr müde aus; das gilbe Licht und die summende Ruhe machten alles ganz schläfrig. Wir gähnten uns artig an, und dann lief ich hinauf in mein Nest, unterdes er über uns Gäste Wache halten würde. Im Fernsehn sendeten sie vereinfachte Weltsicht mit Musik unterlegt. Ich zippte es weg. Auch wer gewählt werden und die Massen erfassen will, muß komplizierte Gedankengänge meiden zugunsten gewöhnlicher wie bestechender Begründungen. Die hauptamtliche Entrücktheit einerseits und die Kompliziertheit der Welt andererseits wägen sich in einfältigen, aber schlagenden Parolen auf. Ansichten und Nachrichten bevorzugen die einfachste Auslegung der Welt – sonach das Augenfällige, das Gefühlige und das Entsetzliche! Licht ist schneller als Schall, ein Bild viel geller als Knall. Erst blitzt, dann grollt es. Geschichte wird nie von ihren gegenwärtigen Bewohnern, auch nicht von ihren hervorragenden Trägern und Sehern begriffen und dadurch etwa gehemmt oder ins Gedeihliche gelenkt. Immer wird alles erst nachher ganz klar oder einigermaßen klar erkannt. Für die Zukunft taugen die Erkenntnisse dann wenig oder doch etwas wenigstens. – War das wieder allzu pessimistisch gedacht, Gonzalez? Ich konnte nicht einschlafen und sah vom Bett aus ein Stück blinzelnden Himmel. Irgendein Licht blinkte blöden Widerschein ins Zimmer. Wer schaute das noch außer mir? Wem war es zugedacht? Mir etwa? – Himmel! Weil wir uns die Nacht gut wünschen und dann aber eine schlechte haben, sollte den Schlaflosen kein Flackern behelligen! – Der Mond aber war lieb und blieb aus.

So kannte ich mich gar nicht: Abends hatte ich kaum Bier genippt, in München! Und zum Frühstück nahm ich Früchte mit Hafer und Milch. – Auch an mir, auf vegetarischen Irrwegen, Bedacht und Umsicht zu verderben? Aber nachmittags, da ging es wieder, mit mir, wie ich mich kannte. Die junge Verkäuferin in einer Metzgerei am Viktualienmarkt stammte, ich hatte es irgendwie erwartet, nicht von hier, sondern aus Sachsen. Ein weiterer Kunde war eben fort; da standen wir zwei allein im Laden. Während es mir die Weißwurst wärmte, erzählte das hübsche Dienstfräulein ganz leutselig, wie arg kurzsichtig es sei: Acht Dioptrien habe sie schon und sei noch jung, und jährlich kämen leider noch »ander'thalbe« hinzu! – Das sei aber viel, bedauerte ich, denn ich selbst müsse mit vieren leben und wisse Bescheid. – Vier sei auch viel, tröstete mich da die liebe Mamsell. – »Aber Sie tragen ja gar keine Brille!« wunderte ich mich. – Eben drum, erklärte sie, deswegen ja, sei sie angewiesen auf »Wegwärf-Kodagdlinsn«! – »Ah ja?« bestaunte ich ihre winzigen Wegwürfe, von denen sie mir einen vorzeigte, indem sie sich leicht über die Wursttheke beugte und ihr rechtes Augenlid herabzog. Ich sah ihr besorgt ins Auge und schaute das fidele, galante Braun ihres hübschen Regenbogens (iris). Hernach dann wolle sie aber gewiß einmal ihre Augen endgültig »läser'n« lassen! – Darauf wußte ich nur »So!« zu sagen. Dann standen wir stumm umeinander und sagten nichts mehr, unterdessen ich Weißwurst kaute und auf die Straße schaute, beglückt, zu sehen, und besorgt, wie im dunkeln tastend: »Was setzt uns in die Welt aus, schenkt uns die hübschesten Äuglein und läßt sie dann taub werden?« Nebelhaft auch, daß der Laserstrahl im Gegensatz zu den anderen Strahlen so ganz unvergiftet bleibt von Damnationen und Ängsten, und daß er keine Verschwörungssehnsucht auf sich zieht, sondern leichtgläubige Heilserwartung. Da sah ich sie noch einmal leidmütig an, meine liebliche Weißwurst-Warmmacherin vom Viktualienmarkt, und rührte einen Rest weiße Wurst im süßen Senf. Als dann aber ein neuerlicher Kunde in die Metzgerei einbrach und sie beschäftigte, fraß ich den Wurstrest fristlos auf, brummte »Servus!« und ging. – Eine letzte Molle aber nahm ich noch, in solch innerlich verklammter Andacht, abermals im Hacker-Pschorr am Markt zur AZ, für die ich gar nicht mehr arbeiten könnte, nein! und FAZ, für die ich auch nichts mehr tun kann! Tut mir leid! Und zur zärtlichen Bufferei an Warm- wie Kaltmamsells, da tauge ich auch schon nicht mehr.

An Gott glauben. Mir schwant kaum, was das sein soll und wie? Und doch stemmen sich meine Seele, mein Seelchen also und Seelenfunke, und darüber mein Gemüt gemeinsam und ganz entschieden gegen den Agnostizismus oder gar Atheismus. – Wir halten diesen für falschen Glauben und jenen für gutartige Irrlehre! Epikureer können die Welt nicht ertragen und Stoiker keinen über sich – so werden sie Atheisten; diese aber sind Gläubige, denn sie glauben, wie auch andere, daß es Gott nicht gibt. – »Eine Deutung, der zu widersprechen wir Zwerge nicht das geringste Recht haben!« Amen. Meine Seele und mein Gemüt, beide selbst glaubensfest, wünschen und wollen, daß auch ich und mein zweifelnder Geist demütig und aufrecht glauben. – Und ich im Grunde ja auch! Nur mein Geist nicht so ganz. Die schwankenden Irrtümer sind die zähsten. Wenigen nur widerfährt solches: »Da umstrahlte und erfüllte den Areopagiten, bezeugt in den Dionysianischen Schriften, ein so gewaltiger, so unermeßlicher, gottschöner Glanz, da drang ein so blendendes Licht in solchem Überreichtum in sein Gemüt, da umströmte ihn ein solches Übermaß erlesenster Wohlgerüche, daß weder sein Körper noch sein Geist die Bürde solcher Lieblichkeit und Beglückung ertragen konnten!« – Der so überwältigt spricht, schaute nicht einmal Gott, sondern nur erst Maria! Was könnte mich je so ergreifen? – Obzwar, es schlummert Empfänglichkeit in mir, der ich ja Zweiglein teils silesischer, teils marianisch-polonischer Eichen- und Tannenstämme und ein Stiefkind Schefflers bin. Auf dem Weg zum Bahnhof sagte mir die Obsthändlerin, deren duftende Aprikosen ich lobte: »Wir haben die RAF überlebt, wir werden auch Bio überleben!« Dann stand ich wieder etwas in der Gegend herum und entsann mich meiner Zeilen aus den *Frischen Hemden*: »Gegenstände heißen nicht Gegenstände, weil sie in der Gegend herumstehen. Vielmehr stellen sie sich gegen uns Menschen, weil wir uns nicht entschlagen können, sie zu traktieren! Und deshalb stellen sie sich tot, genauso, wie wir Menschen uns mit Absicht lebendig stellen.«

Stets wissen die eingedickten Realitäten unseres Schienenfernverkehrs zu betören und zu belemmern. Am Münchener Bahnhof schwallte abgeschmackte Musik durch die Halle auf die Wartenden, Wurstessenden, Erfrischungsgetränketrinkenden und um Fahrkarten Anstehenden herab. Durch den Waggon faselte schale Rede; man brammelte untereinander oder quasselte fernmündlich. Es knisterten Stullenpapiere; es kaute knorpelig. Gedämpftes Summen laugte Laues wie Lautes. Design albdrückte, Weltbemächtigung innewohnte, Verzweckung vollzog. Die Stille aber weinte, und die Ruhe schwieg. – Leiser Regen und nächtlicher Vogel, Rauschen und Rascheln, ein Knistern im Laubgewölle – wo sind die geblieben? Wo ist die Stille (galēne) hin, worin es säuselt und wispert, flügelt, schwirrt und raunt, wo es windharft, tummelt und kost? Wo ist die Ruhe (hēsychia) hin, darin es waldkühlt und mooswiegt, laubschattet und lichtloht? Jene Stille, allwo Huldgeister schweben, Getier und Grazien wandeln? Dort will ich mich hinzugesellen und einschmiegen und darin ertrinken, um einmal Seelenruhe (ataraxia) zu empfangen. Das Geheimnisvolle, Unverfügbare bleibt leise. – Müssen wir denn noch lauter hinhören, um etwas Stille zu vernehmen?! Während wir im Zug an öden Vorstädten und menschenleeren Häuserreihen vorbeiflogen, sah ich zwischen zwei solch toter Gehäuse plötzlich einen Mann in einem himmelblauen Bademantel in einer Einfahrt stehen und vergnügt Zigarette rauchen. Seine weite Stirn endete in lockigem Gefieder. Seine Augen hielt er geschlossen; er schmunzelte zart und inhalierte milde. Sein haariges Wadenbein rastete in blauen Badeschluppen. Zwischen all dem Wust dämonischen Gelichters aus Mörtel und Eisen eräugte ich ihn wie einen Engel, und er prägte sich mir ein, wie endabsichtlich, als: der Hellblaue Mann mit der Zigarette! Allzu geschwind aber war er dann weg und vorbeigeflogen. Die Welt sei keineswegs von allen guten Geistern verlassen, denn es gäbe noch Engel, erklärte mir einer, der selbst wie einer war: »Ich kannte einen Mann in einer Vorortsiedlung, der zehn Jahre nichts an irdischer Speise zu sich nahm, sondern an jedem dritten Tag spendete ein Engel ihm Zehrung in Gestalt einer Packung Muratti, welche er ihm öffnete und darbot. Dies war ihm Speise und Trank in einem. Ab und an aber soll er sich Nordhäuser Korn hinzugekauft haben. Sein Name war: Wunderbar.« – Eben dies war der Mann im himmelblauen Bademantel! Daß ihn ein Flügel streift, wenn er unvermittelt lächelt, davon aber hat einer im grünen oder roten überhaupt keine Ahnung!

Die Frau neben mir im Zug nach Frankfurt schmauste vollauf fidel einen Strunk rohen Blumenkohls, und mich betörte das irgendwie ganz jeck und schepp, daß diese Frau da so frohgemut ihren schönen, gesunden Leib – ich schloß ihres hübschen Antlitzes wegen darauf – mit Rohkost nährte und dies für gesund hielt. Da ich wieder nur Fleischkäse und Bratwurst aß, grünte auch mir eine Gier auf Pflanzenrohes, und ich beschloß gleich in der Stadt einen Markt aufzusuchen und mir Blumenkohl, Möhren und anderes Gemüse zu beschaffen, um auch meinem Rumpfe Gutes zu erzeigen. – Den Blumenkohl gab es nachher dann nur im Ganzen, doch ich kaufte einen! einen hübschen, ganz schlohweißen! – Dann hockte ich nachmittags im Sachsenhäuser Dauth-Schneider auf einer Holzbank und vertilgte wortbrüchig doch wieder nur Rindswurst, wozu ich Speierling, den hessischen Apfelwein, auftischen ließ, den sich die Hessen »aus katzenaugenmustrig abgenagten Glasbausteinen über den Mund direkt in den Körper spritzen!« – So notierte es Michael Rudolf noch zu Lebzeiten, voller Argwohn wider den Sauren. Ich freilich zechte hier tapfer die von ihm angefochtenen Schlämmschobbe wie Erquickungen. Neben mir auf der Bank wölbte sich in der Tüte der heimliche Blumenkohl neben einer versteckten Zichorie, und ich entsann mich darum meiner Liebsten: Sie nimmt ja auch um ihres Leibeswohls regelmäßig an Reichsreistagen und dergleichen Törichtteil und nascht gern von den inneren Zichorienblättchen, wobei mir stets die äußeren zufallen. Also pflücke und schmause ich ihr beharrlich und von Herzen diese Blattherzen frei, denn auch dies sind Liebeserklärungen, zumal die gängigen fad und wirklos geworden! – Und sogleich entsann ich mich noch einer weiteren häuslichen Szenerie: Wie des liebsten Weibes Leidenschaften im Falle einer Verlegenheit mit ihr herumzufegen pflegten, das war stets betörend! Und sie verlegen machen darum sehr ergreifend! – Geradeso versonnen griff ich ein ums andere untertischs und brach mir kleine Kohlstrünke. Oben dann äste ich sie bukolisch, nein, rinderhirtlich nicht, eher bioschepp und rohkostalisch doof, wie ein Kauender von Rodin.

Wem aber heute ein Engel erschiene, und hätte er ihn nur von ferne gesichtet, der hüte sich, dies zu bekennen; zwar wird er unter Irrenhäuslern noch spärlich Verständige finden, sonst aber nirgends. Für die Stoffler, die Hölzernen (hyle) und Fleischer (Materialisten) als auch Psychiater (»Psychopompen«, das seien, so Smorfitt Kappel, »Seelengeleiter unterweltwärts«), für sie alle bleibt der Geistling und Seher wirr und irr, mehr denn je. Der Todesengel, den Jean Paul einmal belauschte, legte einen blassen Leichenschleier auf des Sterbenden Angesicht »und hob hinter ihm die blühende Seele mit ihren tiefsten Wurzeln aus dem körperlichen Treibkasten«. – Ja, so machen sie es, die Engel! Der Körper verfällt danach zu Erden und Aschen – das steht fest! Und die Seele schlägt die Augen auf und schaut lange, um sich zu kennen. Und dann gehört sie zur Ewigkeit, zum Zeitlosen und zum Unvorstellbaren hinzu – so etwa ahnt und glaubt man! Der Geist aber geht in die Melissen. Die Osterhasen des Bundes und der Länder wiederum verkörpern den Typ des etwas sonderlichen Muster- und Gönnertums auf anderer Pflichten und Kosten, mit verstecktem Hang zum »Enrichissez-vous!« und besser gesagt: »Enrichissons-nous!« Uns Demütige und Schaffende aber lassen die sinnlose Härte und harte Sinnlosigkeit des Lebens, unsinnige Gesetze und die ewige Abgabenlast zu Boden brechen wie geschossene Vögel! – Währenddessen blickte ich hinauf und um mich, auf meinem Spaziergang durch Frankfurt, und bestaunte den pfeilschnellen Tiefflug einiger schwirrender Schwalben um die erwerbsamen Hochhäuser dort. Das Leben über die gegenwärtigen Verhältnisse und Wirklichkeiten hinaus wird dieses selbst ahnden und darüber geht stets viel Lebenszeit und Leben verloren. Goethe, der Frankfurter, und auch er Träger einiger Morgenmäntel, deren Farben leider nicht überliefert sind, er, die durchgrübelte Frohnatur, sah im Oktober 1828 eine Zeit kommen, da Gott keine Freude mehr an der Welt haben werde und er, Gott – nicht Goethe! –, abermals alles werde zusammenschlagen müssen zu einer verjüngten Schöpfung. Zeit und Stunde stünden sogar schon fest! Eckermann, dem er dies anvertraute, soll erbleicht sein und um Melissengeist gebeten haben. – Ein Geist geht in den anderen und macht den Geist bekömmlicher. Und sei es einer nur aus den Melissen. Nachdem er ihn stürzte, soll Eckermann sich geschüttelt und Goethen widersprochen haben, indem er »Ach i wo!« rief. – Der aber, Goethe, beharrte und sprach: »Doch, doch!«

Er war ein Mann, in einen azurfarbenen Bademantel gekleidet, und seine Hüften waren umgürtet mit Troddeln, daran ein roter Pfeifensack befestigt, und diesem glich sein Leib. Sein Antlitz erstrahlte wie Funkenschein, und seine Augen waren, sofern er sie je geöffnet, wie Fackelfeuer, und seine Arme und Füße funkelten wie bärtiges Erz, und seine Worte, sofern er je eines von sich gegeben, waren wie das Gebrause eines sechzehnhufigen Gespanns und entsprachen siebzehnfachem Posaunenhall. Er galt als Einziger, als Unicum! Und sein Name war: Oberwasser Friedenfels, genannt: Wunderbar. Etliche aber glauben, sein Name war: Smorfitt Kappel, genannt: Kappel; andere wieder meinen, sein Name war: Enoch Brockel, genannt: Gonzalez. – Daß allein Rauch und klare Wässer solche nähren, hatten wir schon erwähnt. Sie siedeln auch gern an Quellen und äußern sich mit Bedacht. Ein amouröses Pantscherl soll es gegeben haben zwischen ihm, dem Einen mit den drei Namen, oder den Dreien mit dem einen, und einer Zugehfrau und Nachbarin, man weiß jedoch nicht, mit welcher und wann genau; ansonsten habe er keusch gelebt. Wie der Zwist der Liebenden seien die Dissonanzen der Welt: Alles laufe auf Versöhnung hinaus! Vielleicht hat ja Baader recht, wenn er es so sagt: »Cogitor, ergo cogito, ergo sum.« – Ich werde gedacht, also denke ich, also bin ich. – Charmanter klingt's im Dreisprung, nicht wahr? Die Jetztzeit freilich denkt ohnehin völlig anders: Neulich im Fernsehfilm sagte eine Schnippische zum anitzo Verblüfften: »Ich denke, wir sollten Schluß machen!« Das sagte sie so, als dächte sie es, dabei sagte sie es nur so daher und ging davon. Ich aber sagte: »Genau!« und schaltete abermals um, dann aus. Die Bundeslade (aron; arca foederis) hütet keine Schätze, sondern Geheimnisse. Da wir Menschen beim Verspeisen von Vögeln deren Flug und Gesang nur schwer verdauen, bevorzugen wir Hühner und Gänse, die schlecht fliegen und singen und darum bekömmlicher sind als etwa Nachtigallen. Die Italiener mischen ihrer Singvogel-Salzwurst (salame) darum dienlich noch Fleisch heiserer Esel oder feister Schweine bei. Es gilt von der Person abzusehen, wenn es um Eignung geht. Christus begünstigte den tüchtigen Petrus, nicht den geliebten Johannes. Und siehe! (idou;) – die Allfülle (pan to plērōma) ist nichts als gut gefügt und in sich rund!

Die Zeit, der Raum? – Die Zeit, der Traum des Raumes? Der Raum, der Alb der Zeit? – Ich wußte mir keinen Rat. Da wandte ich mich an den Kellner im Fichtekränzi. »Och ja!« hub der an: »Gehubft im Raume wie gespronge dorsch de Zergus, gell!« ließ er sich, die Hände in der Spüle belassend, um eine Einlassung zu diesem undurchdringlichen Verhalt angegangen, dazu herbei, mir gleich folgendes noch nahezubringen: »Des ungeheure Reisch deä Zeit entspríscht dem des Raumes; beide könne mär net fasse. Was also bekümmän uns die vergangene Woch? Oddä des ferne Pfunge-Neftebach? Was scher'n uns Pasäk [Parsec] un Päm [Perm]?« – Wenn Zeit erschreckt, erquicken Orte. So lief ich hinaus und weinte vor Glück und suchte Trost in einem nahen Garten. »Ach, ihr gelben Ringelblumen und Lavendel, grün und blau! Ach, du Kapuzinerkresse und du schöner roter Rittersporn! Und du lieber geler Ginster! Und ihr roten Malven! Euch alle lieb' ich so, Euch Holden lieb' ich allesamt!« – Da wiegten sich die Blumen selig, unter Linden und Birken. In all ihren Kelchen wohnten Hummeln und Bienen. Über Halme taumelten Brummer, Motten und Falter. – Und allesamt waren sie mir Duzfreunde! Sie schwelgten und tummelten sich in Üppigkeit! Da flüsterten sie mir ihr Geheimnis zu: Die Welt sei nichts als luxurierender Fluxus und fluktuierender Luxus, und Alles sei gut! – Seit langem schon blickten mir, wie einst dem Brentano, Getier und Blumen nach und fispelten sacht: »Gib acht! O Stern und Blume, Geist und Kleid; Lieb und Leid, Zeit und Ewigkeit.« – »Soso!?« argwöhnte ich da. Denn eben biß hier im Grase ein Ameisenschwarm seiner Beute zuerst die Fühler und Ständer, dann rasch auch die Augen aus; so ließ sich der Fang, zwei feiste Käfer und ein zartes Libellchen, geruhsamer verspeisen. Unterdes bedeckten Wolken der Sonne liebrunden Heizkörper. – Die Naturgesetze sind geistreich und ersonnen durch Geistbegabung; sie walten in der Natur, sind aber nicht selbst Natur. Das Überflüssige mag das Entbehrliche sein, der Überfluß aber ist das Unentbehrliche. Im Großreich des Unerkennbaren liegt das viel kleinere Reich des Erkennbaren und darin teilen sich den Raum die Großprovinz des Unerkannten und der Bezirk des Erkannten. Er wiederum, Goethe, faßte es nautisch, wenn er die Vernunft als ein Schiff sah, das die Irrtümer wie Wasser pflügt und für kurze Zeit zu verdrängen vermag; hernach stürzten die Gewässer »naturgemäß« wieder zusammen. Unbekümmert schließen sich der See und die See.

Allen Entmythologisierungstüftlern sei dies gesagt: Die Wurzel ist der Baum, und Divus Thomas, das ist ein Mann aus gleich dreien, und diese sind: Oberwasser Friedenfels, genannt: Wunderbar, Enoch Brockel, genannt: Gonzalez und drittens Smorfitt Kappel, genannt: Kappel. Außerdem ist Divus Thomas ein heller Stern aus einem Sternendreibund und -dreibild: Tridyes. Der ist Einer aus drei Eichen, und dieser Baum heißt griechisch: drys; England sagt zu allen Bäumen: tree; Deutschland spricht von: Treue. Im Dom zu Frankfurt am Main suchte ich milde Billigung zu finden. Kerzen und Fürbitten spendete ich meiner Liebsten, Emi, und auch anderen Erlauchtheiten wie Notleidenden, erbötig alles zu tun, was ihr und ihnen helfen könnte. – Was aber täte ich, wenn Er nur seinen Willen meinen Bitten angliche! Ja, was denn? Der Sohn (bar) des Tholmein, des Vielfurchigen, Bartholomäus also, den man vor

Zeiten häuten ließ, gab sich, wie auf allen Gemälden, gelassen; der Geschundene ließ auch hier wieder seine abgezogene Haut zwanglos wie einen Anzug überm Arm baumeln. »Zunächst der Kirche stand das Wirtshaus, die so oft in naher Beziehung stehen und Freud und Leid miteinander teilen und zwar in allen Ehren.« So bezeugt es Pfarrer Gotthelf. Hier aber hatte ich, um einer Einkehr willen, weit über den Main zu setzen. Dort ließ ich mir abermals Rindswurst auftragen, ein dralles Paar, umfangen von unversehrter, fester Haut, umgeben von Gurke und Butterbrot; hinzu verlangte ich apfelsauren Schaudermacher, der die Zunge wie Krepp belegte. – Ja, half denn ihr, meiner Emi, auch das? Wohl eher mir, mit saurer Zerknirschung. Wenn einst der Krebs durchs Haus spukte, sah sich der Kranke durch die Vermessenheiten der Psychosomatik selbst in eine Schuld gesetzt: durch Verdrängung und falsches Leben habe er die Krankheit angestiftet und so keimt sie aus wie Sünde. Das hat uns die Wissenschaft von den Schultern gewälzt. – Die Naturheiler glauben indes weiter daran. Nun belästigt diese Neuheit: Durch die Gesunden oder jüngst froh Genesenen wird, wie sie sagen: »positives Denken« von den Kranken verlangt; wenn sie diesen Enthusiasmus nicht eisern aufbrächten, seien sie ohnehin dem Tode geweiht! – Ein übles Sündenstück auch dies! Draußen reinigte Regen Frankfurt; innen tat ich meinen läuternden Dienst. Eine Sichel Vortrefflicher umgab mich und jätete die mich würgenden Disteln. Alle Freunde lohten und labten sich am Unstern hiesigen Weißbiers. Nachts spendete ich uns die Schwertleite. Schildjungfern waren Waltraute, Ortlinde, Roßweiße. Dann entwich ich ins Dunkel.

Rochus, wer ist schneller: eine Brieftaube oder ein Kurierpferd?« – »Zu Fuß das Pferd.« – Garnicht rarsäulig, sondern dreibeinig und auf zwei Krücken perpendikelte ich mit dem Freunde Kowalleck durchs Pleddernheimer Aprillenwetter: Er, Frankfurt am Main schmähend, weil ihn das Heimweh nach Berlin plagte, und ich, Berlin verreißend, weil ich seiner überdrüssig war. Zweisam und in summa hundertfünfundvierzig Jahre alt gedachten wir in Üppigkeit besserer Zeiten. – Allein, wie ich einst den Gipfeln entgegenwiehernd, Hügelige straff und Dürre satt pumpte und Puderzöpfe zügelte, war eine gesonderte Mitteilung wert! Rochus goutierte und wußte also Bescheid! Was er noch dachte, das dachte er nur. Und das steht uns frei! Man kann tun, was man will. Nicht aber wollen, was man will! »Ein gelassener Mensch, so sich der in Inburgheit setzt [sich in der inneren Burg seiner Seele sammelt] mit eingeführten

Sinnen, der findet je weniger Aufenthaltes von innen, je weher ihm von innen geschieht, und je geschwinder er stirbt, je schneller kommt er hindurch.« – Wähne und übersetze ich dunkel, daß es Heinrich Seuse etwa so und ebenso dunkel wähnte, da er es doch genau so schrieb: »Ein gelassenr mensch, so sich der in inburcheit sezzet mit ingefäeurten sinnen, so der ie minr ufenthaltes von innan vindet, so im ie wirs von innen geschiht, und ie geswinder stirbet und ie schnelleklicher hin durch kumet.« Übersetzungen lese ich ungern; entweder ich mühe mich dem Waidlöffel, dem Lecker oder der Zunge des fremdländischen Autors nachzuschmecken und seine Sprache zu lernen, oder ich lutsche mich doch lieber gleich und abermals durch Stifters Nachsommer und dergleichen Hauskost in geläufiger Mundart. Das schmeckt ja auch vertraut befremdlich. Mein Lieblingssatz im Nachsommer geht so: »Ich antwortete auf diese Rede nicht, um ihm seine Zeitrechnung in Hinsicht der Cactuspflege in Europa nicht zu stören.« – Das dünkt uns argutezza zu sein, wie Emanuele Tesauro sie meinte. – Argutiae, das bedeutet Ausdrucksstärke mit Pfiffs und Kniffs im Vorfeld des Pathos. Was soll man vom Evangelium der Nachhaltigkeit und des Einklangs halten? Von den Verheißungen der Windkräfte und Verwünschungen der Giftgase? – Wenig. Mit dünnem Ersatz lassen wir uns in religiösen Belangen nicht abspeisen! Fügsam und genügsam leben wir ohnedies. – Und Physik bleibe Physik!

Ich lief auf die Straße am Main. Es begrüßte mich heutigen Tages gleich eingangs eine Trauergemeinde, die dunkel und betrübt in einem Kaffee an langen Tafeln stockte, um dort Streuselkuchen und Bienenstich in sich hineinzutrauern. Zur gleichen Zeit wußte ich in Berlin eine Beerdigung anberaumt, der ich hätte beiwohnen sollen; dem Toten dort wollte ich gern die Ehre erweisen! – Nun stand ich freilich hier an Gräbern. Die Zeiten sind ebenso getrennt wie Räume. Gestorben wird immer und überall, jeder für sich, dann und wann, hier und dort. Es läßt sich wenig arrangieren. Da kann keiner wollen wie er will! Nach der Plünderung Roms ließ sich der Landsknechthauptmann Wilhelm von Saudezell wie der Papst kleiden und die Füße küssen; dann erkor er Luther, der zu beider Glück nicht anwesend war, zu seinem Nachfolger, denn dieser hätte den Soldaten sogleich erschlagen oder der den Luther. Der Sacco di Roma war nicht nur Untergang einer Stadt, sondern der bis da gewesenen Welt. Die Weltangst und das wühlende Grübeln und düstere Raunen war unter den Nervösen jener Zeit längst im Schwange. Sie ahnten das Unheil, und auch wir werden gewußt haben, daß wir es beizeiten ahnten. Das anrollende Übel spürten die Wenigen auch vor 1914; längst malten sie, les grands nerveux, den kommenden Schrecken auf Leinwand, obgleich sie noch jubelten, als es dann losging. So werden auch wir das Verhängnis gewußt haben, desungeachtet, daß wir es nicht hatten glauben wollen. Dann ist es zu spät, wie immer zu spät! Vor der Schändung, Notzucht und Tötung Roms im Schreckensjahre 1527 sieht Michelangelo seit langem schon seinen Flug gehemmt und seinen Körper sich auflösen. Zerrissen und zerbrochen ist der Unsterbliche, arm und eingesperrt in eine Wohngruft, vor deren Tor jedweder sich schlecht zu benehmen beliebt: »Wer aß oder falsch Arzeney nahm, scheißt vor meine Thür.« So erlosch ihm die Liebesflamme, und so schlug es ihm die Seele kahl, noch bevor es ganz schlimm wurde. Ein Ledersack voll Knochen und Sehnen, das sei der Mensch! – Im einen Ohr des Toten nisteten Spinne und Silberfisch, im andern Grille und Wespe. Der Leiche entnahm man auch Ameisen. Wer nicht beizeiten stirbt, der zersetzt sich, der vereitert und zerschorft und rieselt zum Schluß verzweifelt zu Boden. Noch vor dem Tode beißt das Ende zu! – Auch das wird man gewußt gehabt, aber nicht geglaubt haben.

Ich war darauf gefaßt: Als ich im siebten Stockwerk des Frankfurter Hotels den Vorhang beiseite zog, erblickte ich gegenüber ein ganz siech ausschauendes Krankenhaus. Sehr fragil gebaut, saß es haushoch auf zierlichen Betonpfählen, und viel gilbes Gardinen- und Lamellengitter wogte und klirrte an leeren Balkonen und Fenstern. Links schlug das Gebäude modern in Glas um. Das seltsam falbe Spital stand nahe den Ödnissen der höheren Flußbebauung des Mains meinem blassen Hospiz gegenüber. – An hiesigen Ufern finden sich längst kaum mehr bergende Schilfe und Gehölze, nur unüberwindbare Schnellstraßen säumen sie noch und Kaimauern oder künstliche Ufer. Das Spital drüben hieß: Zum Heiligen Geist. Es war eins für Mütter und Säuglinge, und so doch mehr ein Gesund- und Genesungshaus als ein Siechenhaus! – Und gleich fiel mir auch ein: Das Mütter- und Säuglingsheim, in dem ich einst und arm die

Welt zuerst schaute, wurde letztjährig von einer noblen Seniorenresidenz belegt, die ich mir für den letzten Blick auf die Welt nicht werde leisten können. Rechter Hand, an den Autobahnen längs des Mains, lag die Städtische Literaturanstalt und ums Eck, Schöne Aussicht 16, stand einmal das längst niedergebrochene Schopenhauerhaus. Auf die Brache bauten Narren ebenfalls ein krankes Haus, auf daß ganz Frankfurt noch zum Siechenhaus werde! Da lief ich hinaus und wieder zum Dom, um Trost und Ruhe. Der Turmwart heißt mancherorts auch Geläutkustos. Die Gekrönten um mich waren längst zu Staub, ihr Hingang unter Grablegen auf immer versiegelt. Wie gefahrlos sich Spötter und Hasser an Christus abhetzen! – Nun, es bleibt ihnen nichts anderes übrig. Sonstige Bekenntnisse sind unantastbar oder lebensgefährlich. Meiner Emi brannte ich wieder Kerzen. Das Licht darf nicht verlöschen. Den zwei merowingischen Mädchen steckte ich auch welche an. Niemand weiß mehr, wie sie hießen. – Außer ich! Sogleich verrate ich ihre Namen: »Chrodechild (Clothilde) heißt die eine; es ist die auf dem Bärenfell. Und Guntheuca (Gundula) heißt die andere; es ist die mit dem Geschmeide. Beide sind sie Kampf- und Frohnaturen; ihre Namen deuten es an.« – Die Frau neulich im Zug aber, die mich betörende Kohlschmauserin, die ähnelte ganz der merowingischen Guntheuca. – Und so hieß man sie gewiß auch »Gundel«.

»Alles klar?« fragt Man derzeit andauernd, Zustimmung einfordernd. Und immerfort endet eine Rede, ein Satz ganz unbedacht so, als sei im Grunde immer »alles klar!« – Nichts ist klar! Seltsam auch die zur Zeit gern vorangestellte Bekräftigung: »Ich muß dir ganz ehrlich sagen: ...« – Sagt man denn sonst falsch? Und spricht unehrlich ohne diesen Vorsatz? Den Beifug noch im voraus als ganz ehrlich zu preisen legt nahe, daß sonst gelogen wird. »Ich habe einen Schuß im rücken, der mich sehr schmerzt, die kugell bring ich dich mit.« Das schrieb so ganz unverblümt der Feldmarschall von Blücher seiner Gemahlin im politischen Schaltjahr 1815, gleich nach Ligny und Waterloo. Sie soll gefaßt geblieben sein; sie kannte ihren braven Gatten! Er war ein Haudegen und Draufgang. Wir wollen uns ansonsten nicht beklagen! – Ich tue es ohnehin sehr selten, und so geht mir wohl langsam das Recht darauf abhanden, weil keiner mehr damit rechnet, daß ich mich beklage. Klage ich nun aber plötzlich doch, so verblüffe und erschrecke ich und vervielfache die Wirkung meiner Klage! Worüber? – Einerlei! Ansonsten gilt im Falle eines Unflats oder Auswurfs: »Qui s'explique s'accuse!« – Wer sich erklärt, klagt sich an. Und wer sich verteidigt, ist schon besiegt. Das ist die ganze halbe Beklagenskunst! Auf der Frankfurter Hauptwache stand ich vor einem Zeitungskiosk und glotzte verwundert auf Titten und beuliges Gemächt in Hochglanz. Ein grinsender Krampf tapezierte die Bude. Die endlose Befreiung der Sexualität – was will denn die? Vulgär sind wir unfrei; alles dreht sich um einen Stachel! – Abgesehen von Geld und Atzung! Sollen wir, in einer einzigen, maßlosen Freiheit befangen, aller anderen verlustig gehen? Läßt man uns billige Freizügigkeiten, um die kostbaren zu plündern? – Da nahm ich Reißaus, und ein Zug fuhr mich nach Hause. Durch seichtes Tal schmiegte sich der Zug an einen Bach des Vogelsbergs. Selbst hier gab es nirgends mehr Niederwald. Darin wuchsen einst Schneitelloden, woraus man Häuser und Zäune baute und Körbe flocht. Es kann sie keiner mehr brauchen. Die alte Freude an der Mastigkeit hoher Ruten, geerntet an gestutzten Weiden, ist umgeschlagen in Mitleid für eine angeblich verstümmelte Natur. – Manchmal ist Mitleid nur süßsaures Behagen am Leid! Die schönste Waldfahrt seit Gedenken war die durch ein Buch; es hieß: Holz.

Selbst betrunken kommt man sich vor wie ein Nüchterner unter Betrunkenen, wenn man sich hier nur mal nüchtern umschaut! Wozu ist man in der Welt? Zum Schauen (eis theōrian, contemplare). – Was zu schauen? Das Gewöhnliche, den Himmel, Wolken, die Gestirne, auch Menschen. Als Kierkegaard sich einmal in den Gegenstand vertiefte, ob Wiederkehr möglich sei, fiel ihm schlagartig ein: »Du kannst doch nach Berlin reisen!« – Einmal war er schon dort gewesen. Jener erste Besuch bewog ihn, zu erörtern, ob Wiederholung möglich sei, indem er wiederkäme. Er beschwärmt sie, die Wiederholung, so wie ich das Gewohnte; darin sind wir ähnlich. Doch müssen wir gewahren, daß Veränderung und Neuerungssucht uns das Spiel verderben! Unter Gelehrten wie Laien, unter Dauerreisenden wie Laufkunden gibt es verschiedene Ansichten darüber, welcher Platz im Zug oder Flugzeug der richtige sei; unsere

Ansicht ist folgende: »Sie sind allesamt elend!« – Gestern war ich sehr früh aufgestanden und befand mich ganz außergewöhnlich wohl und sogar anschwellend fröhlich! Das ging so heiter fort, auch am Kiosk noch und später. Dann kam gegen elf der Zug in die Frankfurter Bahnhalle geschlichen, und aller Segen war hin! Alle Hochgestimmtheit war fortgeblasen! – »Wie sollen wir nun den Tod in den Töpfen verschlingen, um das Zugemüse für die Kinder der Propheten schmackhaft zu machen?« fragt Hamann. Woher sollen wir das denn wissen? – Selbst wenn wir aus dem zweiten Buch der Könige wissen, daß der giftigen Purgiergurke (Koloquintenkürbis) nichts als Mehl beizufügen ist, die bittere Suppe bekömmlich zu machen. So ist eben Hamann wie der gnadenwählerische Prophet Elisa, der eine versunkene Axt, weil die entlehnt war und zurückgegeben werden mußte, schwimmen machte – und keiner weiß wie! »Det gjælder om Hamann hvad der staaer skrevet paa en Kakkelovn hos Kold i Fredensborg: allicit atque terret.« – Dieses gilt von Hamann, was an einem Kachelofen bei Kold in Fredensburg geschrieben steht: Er, der Ofen, locke herbei und schrecke ab. Der Ofen ebenso wie Hamann, findet Kierkegaard. »In der Abschreckung Sog, in der Ziehung Grauen.« Übersetzt Gerhard Nebel. Auch den Zug sehnt man herbei und innen schreckt dann alles nur ab. Das Gewohnteste ist mir die Wohnung; war ich länger fort, erschreckt sie mich: staubig und fremd ist sie geworden. Die Abwesenheit macht den Gegenstand einer Erblindung sichtbar. Das Entsetzen aber verfliegt alsbald; ein verzögerter Freuschreck bläst es fort wie den Staub.

Was jubelte das Haus, was leuchteten die Fenster: Der Hausvater war heimgekehrt! Ein solider Hausstand belustigt einzigartig und oft: Ins Zimmer herein brach die Frau gleich früh mit einer Klage, die um sofortiges Gehör bat: »Mein lieber Gatte! Höre dir das an: Zuchtstoff und Zuchtziel! Oder das hier: Brutraumzarge! Das klingt doch brutal! Das hört sich doch an wie Blutraumzange, oder!?« – »Nun ja, Zarge und Sarg sind sogar wortverwandt!« wußte ich galant beizupflichten, ohne eigentlich zu wissen, was das Weib so aufgebracht hatte. »Genau!« unterband sie mich und setzte nach: »Hier!: die Zander Normalmaßbeute, oder: Umweiseln, oder: Fluglochschieber! Das ist doch grausam gesprochen! Findest du nicht?« Jetzt wollte ich endlich wissen, was los war, und fragte: »Wer sagt denn so?« Da rief sie: »Die Bie-nen-züchter! Imkersprache! Daß die so derbe reden, hätte ich nicht gedacht.« Da beschwichtigte ich: »Soweit ich weiß, heißt es auch ganz gutmütig: Bienenweide und Bienenvater, und das Bienenväterchen muß ja den weisellosen Stöcken und Völkchen zu Hülfe kommen und tönnchenförmige Weiselwiegen in der Bienenwohnung aufstellen.« – »Ach, hör doch auf!« schlug die Empörte das Buch erst zu und dann auf den Tisch: Der praktische Bienenvater oder Anleitung zu einer zweckmäßigen Bienenzucht; mit besonderer Hinsicht auf kältere Gegenden. Von Samuel Ruffiny, gewesener Prediger an der evang. Gemeinde zu Groß-Schlangendorf, am Fuße der Karpathen, und Mitglied der mineralogischen Gesellschaft zu Jena. Leipzig und Kaschau, 1832. – Kurz innehaltend schlug sie den Ruffiny abermals auf, weitere Stellen herbeirufend und bienenfabelnd fortfahrend: »Hier wieder: Man ist genöthigt, Rauch zu gebrauchen, um die Bienen zu demüthigen! Und hier: Zu dieser Absicht ist ein Rauchtopf nothwendig, der vom Töpfer oben mit einer engen Röhre und unten mit einem durchlöcherten Schuber am Bauche versehen werden muß.« – »Das klingt doch wieder ganz gutmütig!« wagte ich einzuwenden. »Geht ja da auch um Töpfer! Aber beim Imker heißt es dann wieder so: Unter den Rauchmaterialien ist getrockneter Rindskoth ratsam, den man zum Gebrauch zuvor zerbröckelt!« Hiernach stieß sie ein verächtliches »Bäh!« aus und verließ kopfschüttelnd die Hausbühne, unterdes wir, das Kind und ich, ihr hinterherstaunten. – Rätselhaft und gutherzig, das entrüstete Herzgefalt des gewöhnlichen weiblichen Gemüths!

Der Herr Sohnemann austerte heute auch wieder so vermiesmuschelt und vierzehnjährig auf dem häuslichen Parkett umher. – Was treibt ihn um? Dann wieder schloß er sich ins Zimmer ein und schabte auf seiner Klampfe: »Ein Bätt im Koornfäld!« – Was hatte er bloß und wollte er wieder? Figurierte er gar den zeitgenössisch-verpießpampelten Betroffenheitstrottel? Welch Reis bildet sich an meinem Stamme? – »Was hältst du von Handball, mein Junge?« versuchte ich ihn anzukumpeln. »Gibt n Elfer, sonst janüscht!« knurrte er, und schloß wieder ab. – »Lasciate ogni Sperenzchen!« mahnte ich nutzlos hinterdrein. Wenn das Kind einmal lästig fallen sollte, las ich jüngst, dann decke man es nächtens mit alcanforiertem, also gekampfertem Wachstuch ab und überwache nur dann und wann die Atmung. Denn Campher sediert und bewährt sich auch in der Mottenbekämpfung. Bildschirme in Jugendstuben aber hänge man mit schwarz silberhalogenierten Tüchern ab oder verstecke oder durchtrenne technisch notwendige Kabel! Außer Haus aber seien Führer, Helfer und Handhaber von Motorgebläsen und Rasenmähern immer mittwochs zum Abschuß, mir aber täglich ein Bier freigegeben! In meiner kostbar trostreichsten Gaststätte, Zur Quelle, standen seit Tagen zwei verwaiste Krücken in einem Schirmständer neben dem Eingang; ich fragte vielmals in die Runde, von wem die seien? – »Keine Ahnung!« Man gab vor, nichts zu wissen. Dann endlich wußte es Wunderbar, der Alleswisser: »Vor einiger Zeit kam Einer tagsüber auf Krücken rein. Der hat sieben Halbe genommen und Schnäpse noch. Wurde aber nicht auffällig! Abends ist er dann geheilt nach Hause. Ohne Krücken jedenfalls!« – So hatten wir es auch hier nicht weit nach Lourdes. Und April war nun auch schon vorbei und längst auch der Mai! Februar und November, die flohen dies Jahr noch vor dem September. – Drum bleibt mir alle ferne; ich bin nichts mehr und lebe nicht mehr gerne! »April, April!« – Hierauf höhnten die Parkfriedhöfe. Im Winde klirrten des Dichters Fahnen. Ab morgen aber wird's wieder gehen! – Fragte sich nur, ob aufwärts oder wieder nur weiter? Der Jahreslauf ist mir seit langem schon ein Kurzstreckenlauf geworden. Die Zeit rutscht rascher von dannen! Die Alten wissen ein eiliges Lied hiervon zu singen: Dem Frühling folgt auf Mittwoch jetzt gleich der Winter!

Eine geräumige spanische Brummfliege zog heute mittag ihre Lustbahn auf waagrechter Acht durch Bad, Flur und Küche. In dieser saßen wir um kleine Teller am Nachtisch und betrachten den Rundflug mit Nächstenliebe. Als sie aber, vom Klo kommend, auf dem Kompott zu landen trachtete und, kurz davongescheucht, gleich wieder aufsetzte, um flugs und zielstark ihr beachtliches Saugrüsselchen in den Pudding zu senken, heischten Frau und Kind vom Familienvorstand mit Blicken: »Tu was, Papa!« Sogleich erhob ich mich mit Wucht, ergriff ein zufälliges Zwiebelnetz und scheuchte den eßlustigen Brummer auf und davon! Als nun aber die Brummfliege ihre Kurve wieder und wieder allein durchs Bad flog, sich dort zu kühlen oder Kraft zu schöpfen, ihre Schandtat fortzusetzen – was weiß denn ich? –, da foppte ich sie eiskalt: Rasch lief ich vor ihr aus dem Bad hinaus und schloß eilends die Tür. Der

Brocken kreiste nun böse über der Wanne und peilte mich im Vorbeiflug zornig durchs Türfester an. Als er ermüdet zur Landung auf einem Handtuch ansetzte, stürzte ich sogleich hinein und fuchtelte das überrumpelte Tierchen mit besten Wünschen hinaus durchs geöffnete Fenster in die beschwerliche Freiheit, auf daß ihm, dem arglosen Insekt, noch heutigen Tages vergönnt sein mag, an anderen Kot- und Kombüsenseligkeiten zu naschen, uns aber die heutige Seelenruhe und Kompott! Einem jeglichen Wesen in seiner Hülse war somit Genüge getan. – Es sitzen ein Bursche, eine Frau und ein Mann umeinander am Küchentisch beim Kompott, und ich sitze außerdem noch in diesem Manne. Wer aber ist der? Den Burschen und die Frau kenne ich. – Ihn aber? »Mitten in der Gesellschaft hab' der Bibliothekar Schoppe [vulgo: Johann Gottlieb Fichte; Schoppe stellt dessen »Leibgeber« dar, sein »absolutes Alles gebärendes, fohlendes, lammendes, heckendes, brechendes, werfendes, setzendes Ich.« – Schoppe also habe ...] seine Hände angesehen mit den Worten: da sitzt ein Herr leibhaftig und ich in ihm, wer aber ist solcher?« – So erzählt und fragt sich Jean Paul im fünften Bändchen, der »Ein und dreißigsten Jobelperiode« des Titan – gerade so, als habe er selbst auch, der wohlleibige Paul, im Jean oft ganz fremd gesessen.

Berichtet wird, wie Konrad der Erste einmal über der verglimmenden Asche eines Herdfeuers, das er mit seinem Zierdegen aufzustochern suchte, sich an seinen Ersten Minister wandte, mit folgenden beherzten Worten: »Kanzler Unserer Krone und Erster Minister! Es wäre nicht übel, wenn das gute Einvernehmen zwischen uns und der Bundesrepublik Deutschland ein wenig mit Geschenken gefestigt würde!« – Da wich der Kanzler erschrocken zurück und sprach: »Königliche Hoheit, ich widerrate! Denn dieses Volk kriegt nie und niemals genug! Und es gebärdet sich um so schlimmer, je mehr man ihm gewährt!« Weiters gab der Erste Minister folgendes zu bedenken: »Am liebsten möchte jenes unleidliche Volk den ganzen Staatsschatz plündern und seiner erbärmlichen Wünsche wegen auf Pump leben. Dann wieder zeigt es einen Hang zur Romantik und zum Stromsparen. Es heißt sogar, sie sortierten ihren Müll! Dabei tun sie so, als seien sie akut bedroht – bedürftig sind sie ohnehin immer! – und als würden sie eben gleich vergiftet und verstrahlt, Euer Durchlaucht!« – Da hielt der König ein Weilchen inne und entschied: »So vergifte man sie ebendarum gleich wirklich und allesamt heute noch mit Weinbeeren!« – So also lautete der Befehl des Königs! – Der Minister verneigte sich hierauf knapp: »Majestät! Dies ist, wie stets, ein kluger Entscheid!« Dann räusperte er sich verhalten und faßte Mut zu einem gewichtigen Einwand: »Allein, Euer Dürchlaüchtigster, Grosmechtigster König, ich gebe zu bedenken, die Weinbeerenvergiftung, die bewirkt nur bei Hunden den sicheren Tod, Euer Majestät!« – Und das traf zu! Es ist immer wieder erstaunlich, was die Alten wußten! Infolgedessen donnerte der König sein »Sapperment, Kanzler! Dann laßt die deutschen Hunde sich selbst verderben!« So also beschied König Konrad zuletzt und verfügte noch wie folgt: »Da solche Völker sich selbst zur Genüge schädigen, werden wir ruhig und gerüstet ausharren und hernach ihre Ruinen plündern und neue Provinzen darauf gründen! Sic placitum!« – Womit der König auch wieder recht behielt! Denn das feingewobene Netzwerk des europäischen Geistgewebes zerriß ab etwa da in feinste Fetzen und Lumpen.

Worüber aber brüten die hiesigen Stammtische? Was lassen die täglichen Tresen verlauten? – Maggi sei ja in Wirklichkeit, so Wunderbar, oder besser gesagt: die Wirksamkeit des Maggi, so wußte Wunderbar, das sei ja genau genommen, japanisch: »umami«, neben salzig, sauer, süß und bitter der fünfte Geschmack: »Die Quintessenz!« – Beim Essen, beim Fernsehglotzen und vor allem Koitieren, da wiederum sei, so Gonzalez: »das Jehürn, und zwar von Allen! uff Notbetrieb!« – So und vortrefflicher noch vermochten sie, Gonzalez, Wunderbar und auch Kappel, die Quelle, unser geistsprudelndes, trostbergendes Gasthaus, mit gutem Bescheid und mit Zürnkraft zu beschenken! – »Den Brachialsatz des Horaz: Odi profanum vulgus et arceo, ich hasse den Pöbel und halte ihn fern«, so Wunderbar, »beliebte auch Marx des öfteren als Leitspruch zu verwenden!« – »Hät' ick jetz nich jedacht!« merkte Gonzalez auf:

»Welchen Pöbel meinte er denn?« – »Nun, den unglückseligen Settembrini zieh er Flüchtlingspöbel, Pack und Gesindel auch viele andere noch, meist postalisch, und auch Genossen. Den armen Lassalle«, wußte Wunderbar, »schimpfte Marx einen jüdischen Nigger!« – »Autsch!« erschrak Gonzalez: »Da kriegt er Ärjer!« – »Darüber und auch über anderes kann heute leider nicht mehr verhandelt werden!« gab Smorfitt Kappel zu bedenken: »Und zwar wegen Unfehlbarkeit göttlicher Verbalinspiration! Außerdem wegen der Pflicht zum: sine glossa!« Die nämlich befehlige, so Kappel: »strengsten Gehorsam innerhalb ausgeklügelter Labyrinthe!« – »Genau!« rief Wunderbar. Das mache hart und unnachgiebig, und hierin fänden wir, so Wunderbar, den Grund für all die leichten Siege über den Schwächling. Starre und mangelnde Elastizität freilich, weissagte Wunderbar weiters, bräche letztlich doch jeden Turm und zermürbe sogar Felsen »ganz von sich selbst aus!« – Hierauf sprach Gonzalez die unerfindlichen Worte: »Extrawurscht jenücht nich; et muß Sonderwurscht sein!« – Und Kappel beschied: »Das alles hätte man wissen können!« – »Gewiß doch!« sprach hierauf Wunderbar, der Allesverstehende, die allduldende Frohnatur. – Das Wort Folter aber, so Kappel, das komme von Fohlen, vom Pferdchen also, und das sei dem lateinischen pullus, für jung, entlehnt, welches Wort wiederum aus dem Griechischen stamme: pōlos. Man habe nämlich die Gemarterten endlos auf ein scharfkantiges Brett wie auf ein Pferd gesetzt. – Ein schmerzhafter, lehrreicher Nachmittag. Ich trug ihn mit heim. – Und droben? Wandelt unterdessen: Das bedrohliche Gestirn!

Das ist schön an ihr, meiner Liebsten, daß sie zu ehrlich und stolz ist, um nur schön zu scheinen, ohne hierbei wahr zu sein (kalos). Auf unserem vestalischen Herdfeuer schmorte Gulasch. In einem weißen Hemd stand sie vor dem Kochkübel und rührte mit hölzernem Spaten Kartoffelstücke unter das fauchende Schmorfleisch. Ein verwegener Sommerwind umschmeichelte sie hierbei durchs offene Fenster und zeigte uns ihren schönen Wuchs. Als ich nun neulich einmal voll Ingrimm ein verzweifeltes »Verflucht noch mal!« auf unseren Tischtennistisch drosch und gleich hiernach lautstark »So!« in die Kriegsdrommete blies, da eilten sogleich alle im Hause Anwesenden herbei und bestaunten mich durch einen Türspalt: Was hatte der Hausvater nur wieder? – Ganz einfach, ich war unschlüssig! Zwischen Wankelmut und Unbestimmtheit gefangen, eine häusliche Kaufentscheidung betreffend, bestimmte ich dann so: »Entscheide du, Frau!« – Hierauf sprach sie »Ja, ja!« und fegte davon. Dieweil noch zwei andere kichernde Augenpaare unmündig durch eine sichere Ritze in unseren Hobbykeller starrten – den wir gottlob! so wenig besitzen wie eine Tischtennisplatte! –, die Sprache freilich läßt solche irrwitzigen Behauptungen immer ganz unbekümmert zu! –, währenddessen also war die Angelegenheit längst glücklich delegiert und entschieden. Frau und Kinder schauten sich, nachdem der liebreizende Familientumult soeben abebben gedurft hatte, gleichgesinnt an und schafften das Ding, dessen ich mich unschlüssig zeigte, nun einfach an. Was für ein Ding? – Was weiß denn ich? Vielleicht ein Ausbeding? Oder ein Pudding? – Irgendein Dingsbums eben, was weiß ich? – Egal! Die Dinge waren entschieden! Unschlüssigkeit ist allemal dumm, weil sie den gebotenen Vollzug reiflicher Überlegung hemmt; anstelle einer entschlossenen Tat verfällt alle Überlegung und fruchtet nichts. Und meist übertönt noch Geschwätz den Makel der Unentschlossenheit. Wer nicht zu machen weiß, macht Wind! Die Durst, noch bei Gryphius und Logau das Wort für Kühnheit und Mut, dann auch für Keckheit, die hat dem deutschen Durste das Feld räumen müssen. Im Tatendurst nach verwegener Mannestat, da steckt sie noch: die Durst – freilich versteckt hinter ihm und in ihm, dem Durste, der schlimmer sein soll als Kopfweh!

»Ich bezahle nur das Licht!« Das stand so ausdrücklich und nächtens vom Bleistift geschnürt als ein frühes Rätsel auf dem Zettelblock am Bett. So etwas nenne ich einen bündigen Satz lautere Gnosis! – Er beließ mich nichtsdestoweniger ratlos. Emergent hudern! – das birgt womöglich die Lösung; das wollte sich ausdeuten lassen. Vor die Wahl gestellt, Musik zu hören oder Bilder zu betrachten, entscheide ich mich für die Ruhe. – In der Zeitung stand heute, wie ich mir wünschte, daß es immer und immer nur so in der Zeitung stünde: »Tödlicher Sturz. Fürstenwalde – Ein völlig betrunkener Mann (47) ist nach einem Sturz von einer Treppe in Fürstenwalde (Oder-Spree) seinen schweren Verletzungen erlegen.« Punkt. Und weiters: »Gefährliche Getränkekiste. Ober-Olm – Ein 22jähriger verunglückte in Rheinland-Pfalz auf einem Feldweg mit einer zum Fahrzeug umgebauten motorisierten Getränkekiste tödlich.«

Punkt. »Abgestürzt. Bolsterlang – Im Oberallgäu stürzte der Fahrer (69) eines Treckers einen 50 Meter tiefen Hang hinunter. Er und seine Beifahrerin (68) starben.« – Klarer Hergang, standhafte Zahlen! – Dem beschloßnen »Zahlen, bitte!« treulich Folge leistend: Erstens: Siebenundvierzig, zweitens: Zweiundzwanzig, drittens: Neunundsechzig, viertens: Fünfzig, fünftens: Achtundsechzig. Ansonsten: vier Tote. Punkt. Im Fernsehn abends: Ratesendung. Da wußte einer nicht, und selbst unsere Kinder wußten, daß St. Anna die Mutter Marias und Großmutter Jesu war. Der Nichtsahnende erriet es dann aber doch knapp. Kunststück! – Der ebenfalls ahnungslose Rätselmeister hatte es zunächst selbst abgucken müssen, tat aber so, als wisse er es, und flüsterte sein eben stibitztes Wissen dem sich windenden Nichtswisser zu. Der zauderte, ob ihn der Quizmeister etwa hereinlegen wolle, indem er falsch vorsagte. Dann sagte der schwache Prüfling das Soufflierte aber doch. Und auf Kommando beklatschten die Jubelmassen den Schmu! – Da verbat ich mir, was ich wisse, daß es im TV verkündet werde! Und schaltete aus. »Lebewesen heißen solche Dinge, die sterben können.« Das las ich beim Zoologen Baer in der Nacht, ganz zum Schluß. Als alles um mich schlief und ruhte und ich wachte. – Dann irgendwann und kellertief, weitab und diesig wollte ich nur noch ein Licht anzahlen. Oder abzahlen? Oder abschalten?

Ich träumte wohl noch oder erinnerte mich, einem George-Clooney-Plakat gegenübergesessen zu haben, als ich einmal im Kaffee Overbeck in Essen zu einem Halben Krefelder zwei Cottbusser Hörnchen aß. Denn am Tage zuvor hatte ich Clooneys Synchronstimme kennengelernt! Ein sympathischer Mann, der Sprecher Bierstedt; Clooney selbst ist mir persönlich nie begegnet. – Die in Krankenhäusern Menschen abgenommenen Gliedmaßen oder entnommenen Organe heißen daselbst: ethischer Abfall. Der Begriff selbst ist ein solcher. Ich verwunderte mich schon damals in Essen, mit Blick auf das Treiben in der Kettwiger Straße, im einfachen Volke eine Schwäche für Jugend- und Kinderbekleidung bemerken zu müssen; auch stand es recht gut im Futter, süße Getränke und Imbiß auch unterwegs trieben Steiße und Wänste auf und machten feiste Taschengeldgesichter. – Verdankt sich das schiefer Staatselternschaft? Die Kant bekanntlich so faßt: »Eine Regierung, die auf dem Prinzip des Wohlwollens gegen das Volk als eines Vaters gegen seine Kinder errichtet wäre, wo also die Untertanen als unmündige Kinder, die nicht unterscheiden können, was ihnen wahrhaftig nützlich oder schädlich ist, sich bloß passiv zu verhalten genötigt sind, ist der größte denkbare Despotismus.« – Im Mittelstand wiederum beobachtete ich simulierte Naturburschenschaft und lehrhaftes Gehabe. – Die Arbeit freilich machten, so Schelsky, wieder nur andere! Diese Wolfshäuter (wolfskins) wähnen sich verwegen, wenn sie technische Neuerungen hintertreiben und Rohkost mahlen, sie halten sich für Nonkonformisten und sind hierin nichts als zeitgenössische Spießer. Denn die Dunstwelt der Unkonventionellen hängt selbstsatt und allseits unbeanstandet im Tale des laschen bundesdeutschen Einklangs. Die sich so im Recht wähnen, sind stets auch emsige Ketzerriecher. Sie scheuen aus Feigherzigkeit die Ehe und verschmähen Nachwuchs. Eine russische Kellnerin bemerkte, die Deutschen zeugten und säugten lieber Hunde und Katzen als Kinder; diese aber ließen sie, ob geboren oder nicht, im Stich; das werde sich rächen! Ein gewagtes, subversives Leben führen derweil die Wenigen, die an der Ehe festhalten, Gesittung schätzen, fürsorglich Nachwuchs in die Welt schicken, die mehr als nur Wale lieben, die sich an die Goldene Regel halten oder gar ein gut katholisches Leben führen. – Die grimme Mißbilligung, die sie und diese Worte auf sich ziehen, beweist das.

Der Vorteil des Abendlandes, die unerschrockene, lautere Analyse der Bestände, wird in die Rapuse gegeben, wenn ihn Gesinnungen und Nachsichten nach Bedarf hintertreiben. Das kommt jetzt öfter vor, und es kann einen bange machen. Die Erinnerungen, mögen sie schön oder schlecht sein, sind verschlissenes Gut. Zuversicht mag geboten sein, aber wer weiß, ob das, was kommt, gefallen wird? Kierkegaard begünstigt die Wiederholung (Gjentagelse, Ritornell, Berlin); sie kann gefällig sein. Dann treiben aus festem Herkommen die feinsten Fibern der Wurzeln hinüber in den Nachwuchs, der den Ahnen freilich doch nie völlig ähneln wird. Jedes Jahr ein frischer Herbst, das erfreut mich mein Leben lang! Meine liebste Gewohnheit ist mir die Wonne des Wohnens im Herbst, der immer gleich und anders ist. Der Mensch schmachtet und darbt, dann und wann ein Stück aus der Lebensbahn zu schneiden und die Enden dieses Bandes zum Kreis zu fügen, damit sich alles wiederhole.

Liturgie, Rundgang, Hochamt und Flehgesänge, Da capo und Dal segno halten das Kreisband für eine Weile am in sich geschlossenen Umlauf, am Kreiseln und Ringeln. In der Mitte des Ringes steht und wohnt der Sitz der Weisheit (sedes sapientiae). Eine Fermate klingt an, um das Kreisband zu öffnen, denn einmal muß Schluß sein! Sie geleitet das trunkene Volk gemach zurück in die gewöhnlichen Lebensbahnen. Wenigen Auserwählten will es gelingen, die Schlaufe auf ewig in sich geschlossen zu halten und auf einem Thronsitz (Säule, stylos) für immer zu entrücken. Das sind die Heiligen, die Styliten, die Engel ohnehin. Der Engel Reigen, der Menschen Musik und Werke, Bauten, Stücke und Arbeiten; wieviel Schönes vollendete man einst zu Ehren Gottes! nebst Unleidlichem. Und wieviel Häßliches und Abraum, nebst Annehmlichkeiten, kommt in die Welt, wenn der Mensch alles nur für sich macht und sich als Übermensch an die Stelle des Schöpfers setzt. Der Mensch ist mein Hirte, mir wird mangeln! Jene Epochen verfeinerten überdies die Witterung für das Hervorragende, diese erkennt nicht mal mehr seine Verkannten. Damit solches nicht mehr gedacht werde, riß Fouché einst Lyon nieder und erwürgte die Vendée. – Das waren »Verbrechen für die Menschheit!« Inzwischen sind Einwände und Andenken durchweg erledigt. Jetzt haben wir eine andere Zeit; ihre Zweifel zielen anders. Revolutionen von ferne mögen Poesie sein; von nahem besehen sind sie abstruses Grauen. – Die hochfliegenden Träume, denen sieben Worte reichen, die Welt zu erklären, stiften siebentausend künftige Stürze. Bestenfalls Fälle.

Wir halten es mit der gläubigen Skepsis. Sie hat die Pracht der Farben, das Andere den Klang der Sphären. Stumpfes Gemüt führt oft scharfen Geist! Wider die Schlagfertigkeit der sieben gängigen Parolen bin ich wehrlos! – Anstatt einer gut durchdachten Meinung habe ich lieber gar keine. Da aber hob eines Tages in der Quelle einer sein dräuend Haupt aus der Zeitung, ich meine heute, es sei Wunderbar gewesen, und der sprach dröhnend, wie im Zorn: »Claudia, hrm, Roth!« – Und erst nichts weiter. Das Lokal erwachte und horchte auf, was noch käme. Da fügte der so Genötigte noch »Qualle, hmrr!« an. – »Hm?« Alle wogen das von Wunderbar eben Gesagte. Wunderbar selbst aber sank weiter kommentarlos in sein Blatt zurück. Ein anderer knüpfte nun an, heute meine ich, es sei Gonzalez gewesen, und der sagte erst wie unbedacht, dann aber gleichfalls dräuend: »Eva, harr, Braun! Hrm.« – Danach auch weiter nichts.

Dann aber besann sich der Evabraunsager und gab zum Beschluß diesen Befund kund: »Immer Farben! Farbennamen!« – Darauf sandte von hinten einer, der zu verstehen gemeint hatte, ich meine eben, es war Smorfitt Kappel, der sandte noch eilfertig »Anselm Grün!« nach und sagte dann abschließend: »Quatsch!« Das Aufwartefräulein, welches die Kelche hütete und das Bier schenkte, stand unterdessen da und glotzte in die Luft und kraulte sich mit der linken Hand die rechte Brust. – Holla! Mir etwa abzunötigen, ihre Reize zu durchmustern? Erträumte das Aas einen morganatischen Ehebund? Mit mir? – Mit dem Besteck, das sie am Schaft packte, um es in Servietten zu rollen, blendete sie mich längst! Da teilte ich ihr sprachlos, daß sie's nicht hörte, mit: »Liebreizende Biermagd, wisse! Ich bin der Fräuleins längst müde und mehr oder minder satt! Endlich aber einmal aufmerken!« mahnte ich sie weiter schweigend, »und meine Biernot vernehmen, das freilich täte ich Dir doch von Herzen und mit klingenden Baisers vergelten!« – Ihre Saumseligkeit stimmte mich grüblerisch: Die Ahnung stellte sich ein, daß sie mich ihrerseits unschlüssig wähnte und nun meinte, eben durch mich hingehalten worden zu sein und in die Luft glotzen zu dürfen, währenddessen ich unentschlossen zwischen Bestellwünschen schwankte und verschwiegene Ansprachen hielt. Da errötete sie plötzlich! und sah auch ganz ertappt um sich. – Weil ihr gerade ihre der Nacht vorbehaltenen Umarmungen eingefallen waren? Gar meinetwegen? – Und warum schwiegen wir? Vor Scham oder vor Staunen? – Ich wollte, wie Boethius, vor Scham!

Ach, nun ging es schon wieder los! Ein voller Zug, ein leeres Zeitmaß, wie immer in vollen Zügen. Weinheim wankte vorüber, Mannheim holperte vorbei, Stuttgart stand artig und war wie eine Schale zwischen Hügeln, worüber starker Regen wohnte. Gonzalez riet einst zu Argwohn diesbezüglich: »Sozialisten haben von Geld keine Ahnung; sie verdienen von sich aus keins, treiben es nur findig ein und geben es schlendrig aus!« Dies seine schwäbische Kunde! Weitere Funde: Im Notizbuch eine rote Eintrittskarte mit perforiertem Abreißeckchen, auf der »Eintrittskarte« stand und darunter eine siebenstellige Zahl. Woher war die? Und wofür? – Dann hielt ich noch ewig draußen vorm Stuttgarter Bahnhof inne und stand ganz gern noch im Regen, der Antwort auf das Woher und Wofür ungefähr und nahezu gewiß. Die Stadt zeigte sich gleich eingangs und ausgangs erregt von hocheifernder Bahnhofsmission! – Was trieben sich hier für Standpunkte in schwäbischen Hirnkästchen wie Griesel herum? »Gestorben wird draußen!« rief eine Toilettenfrau und scheuchte zwei Moribunde aus ihrem Amt untertage die Treppe hinauf. Eine U-Bahn geriet zur Straßenbahn, sobald sie dem Stuttgarter Hauptbahnhof entkommen war, der hätte Gare du Stalingrad heißen sollen, so erbittert umkämpft war er an diesem Tage und eingekesselt von einem Bataillon Württembergischer Streuobstgrenadiere, die etlichen Söldnern gegenüberstanden, welche mit Wasser scharf schossen. – Die Kämpfe wogten um etwas wie CO21 und den Umbau eines gewöhnlichen Bahnhofes. Ich stand ratlos im Regen neben den Walstätten und sah mich nach der versprochenen Rettung um, die mitnichten nahte. Auch das nicht wundersam. Karl V. steht neben Sulla unter den Wenigen, die Großmut zeigten, der Macht zu entsagen und sich beizeiten zurückzuziehen. Carlos Quinto übergab eine in Latein verfaßte Abdankung, darin er erklärte, er vermöchte nicht mehr zu reisen, weder zu Pferd noch in Equipagen; es sei nun genug damit! »Glaubt nicht, daß ich mich irgend Mühen und Gefahren entziehen will. Meine Kräfte reichen nicht mehr hin.« Dann wurde er heimisch und kniefällig vor Gott im Kloster von Yuste. Sulla zog sich auf seinen Besitz bei Puteoli (Brünnchen) zurück, wo er jagte, fischte und Bücher schrieb, die leider nie auf uns kamen. Karl V. starb in der Klause zu Yuste an Malaria. Das wissen wir erst seit kurzem; ein mumifiziertes Fingerglied des römisch-deutschen Kaisers gab uns den Wink, nachdem es biochemischen Analysen unterzogen worden war. Sulla starb an Bluterbrechen – da ihm zum Kotzen war?

Mir ist noch ein Bild gegenwärtig des Sinnes, daß ich einmal nicht ganz bei Sinnen war, als ich mir tief unten im Degerloch ein »Floischkäsweggle mit Sembf!« bestellte, denn mein Auge blieb trüb und achtete hierbei des Geschäfts, des Serviermädels, des Tellers und auch des Fleischkäses und selbst des Restgeldes nicht! Es verblüfft noch heuer, daß ich weiß, daß ich da war. – Wie einst an der Ahr! Nun, vergessen wir auch das! Ebenso verweht und vergessen war damals meine so bedeutsame Biofleischkäsevergiftung vom 27. Januar des Jahres 8 auf der Grünen Woche zu Berlin; dabei hätte sie mich gewarnt haben müssen! Im Zeitbehälter ist sie extra darum fest beurkundet. Das Unglück sollte mir zum jährlichen Zorntag und wenigstens zur ewigen Warnung genutzt haben. Da ich mich aus Gründen meiner Nobilität (mein Namenssuffix ski bezeugt dies!) und Religiosität (meine Anhänglichkeit bezeugt auch diese!) allewege von Mißgönnern und von den Zeloten der Gottlosigkeit lebensbedroht wähne, vermutete ich längst Anhänger der Ökobewegung hinter dem Giftanschlag vom 27. Januar 8. Denn diese Agraranschauung der Stadtbewohner, des Kleinbürgertums und der Intellektuellen, die besser zu wissen meinen, wie der Landbau zu betreiben sei als die äonenalte Bauernschaft selbst, darf ihrer windig apodiktischen Anliegen und Karrieren wegen kein Mittel scheuen, ihre Zweifler: die Bauern, Lebemenschen, Skeptiker und den verarmten Glaubensadel (comme moi) zu vernichten! – Und sei es mit kontaminierten Bioprodukten! mit Fleischkäseködern! oder neu mit Gurken oder mit Sprossen, die wir Keime nennen. – Der neuerliche Anschlag zu Degerloch bestätigte all das! Der Tröster in Verlassenheit (consolator optimus) singt zärtlich: »Hauchst in Hitze Kühlung zu!« – Solch Hauch und Kühlung wehen aus dem Graduale Romanum des Langton von Canterbury heran: »In aestu temperies, in fletu solatium.« (Liedform: Gotteslob 244) – So soll es sein, so ist es lieb, so tröstet Weinen, Wind, Wein und Seufzen. – Zur etwa gleichen Zeit aber ging der Nobelpreis für Medizin an die Kohletablette! Und der für Frieden an den Kamillentee.

Im Sturmwind, im Regen und Zug, da kühlte kein Hauch. Gleißendes Lachen beizte des nachstehenden Ausspruchs wegen durch die fünfte Stuttgarter Straßenbahn: Da gäbe es einen – so erzählte ein fideler Fahrgast, und ich gebe hier nur wieder, was ich davon verstand! –, da sei eben einer, der habe gar »koi Gligg« mit den Frauen! Die erste habe ihn gleich verlassen. Und seine zweite, die wolle nun gar nicht und »koi bissle« weg! – Hierauf wogte schwäbisches Freudengeheul durch den Straßenbahnwagen über die Sitzreihen hinweg zwischen die Stehplätze! – O Mensch! Lapides clamabunt! Und sollten Solche jemals doch noch schweigen lernen, dann werden die Steine zu schreien anfangen. Tags trösten Schatten, nachts Lichter; das muß genügen! Denn ich bin ja nur ein Reiter über dünnes Eis, durch Wüsteneien und sieche Städte. Im Karton bin ich geboren: Seelingstraße 45, dritte Gaden, rechts. Und die Sehnsucht treibt mich weiter – nirgendwohin! Nur Machen gilt und was zu machen sei! In der Schänke an der Quelle saßen wir an langen Tischen und drückten dort zuweilen »Hokkaido« von Bettina Storm und anderen Blähkram. – Und eine Singsucht, wie ich mich heute abzuwandeln und umzudeuten bemüßigt fühlte, trug mich weiter nach dem Süden hin. Rotebühlplatz mußte ich aussteigen. An der Haltestelle kauerte ein zerbrochener Schirm im Regen; ich hob ihn vorsichtig auf, entfaltete ihn zur Beule und lief unter ihr und ihm davon. Wir wurden Freunde. »Wenn ich die Wahl gehabt hätte, diese Seiten zu schreiben oder nicht zu schreiben, ich hätte sie nicht geschrieben. Doch es stand mir nicht einmal frei, sie anders zu schreiben, als sie geschrieben sind.« Warnach wenigstens wußte um die Welt dieses Schmerzes. Dann lief ich unter meinem beuligen Beistand in ein Modisch-modernes-Bosch-Areal hinein und erinnerte mich gern des Mannes, der einst Direktor der Firma war, die in Stuttgart als eine der größten residiert. – Der einstige Firmengeldschrank, oder Wandsafe, diente nun dem Höllerer jun. als Wandschrank! Bierich war ein feiner, kunstsinniger Mann, promovierte zu Russells Grundlagen der Mathematik. Wir plauderten über Frege und Hilbert, Landauer und Benn; von allen besaß er Briefe, Autographen. Diese Welt war jetzt auch wie zugeklappt. Ein Mann am Markt gab mir zum Vollkornbrot Bescheid, er werde, solange er lebe, sich nähren wie gehabt und lieber voll Korn sein wollen als voller Sorge.

Erst mußte ich runter, dann geradeaus, dann links, dann wieder hoch. Irrhaus mit Garten, Römisch-Schwäbisches Labyrinth. Ich öffnete eine neuerliche Schrankwand und wunderte mich: Das Bad sah eben anders aus? Kunststück! – Es war ein anderes, zweites Bad. Auch solche Gästehäuser gibt es, die durch Dopplung aufzuwerten trachten. »An der Doppelsaale hellem Doppelstrande stehen Doppelburgen stolz und doppelkühn! Doppelwolken ziehen drüber hin.« – So besang einst Oskar Huth analoge Dubletten. Mein Blick aus dem Fenster glitt an Arkadenkatarakten ab und suchte den Himmel zu taxieren, ob er gewogen sei. Er zeigte sich wankelsinnig. Dann irrte ich wieder innen herum und machte jedwede Tür auf. Der Psyche (Atem, Hauch und Seele) fruchtbarer Antrieb als auch Frevel sei die Neugier oder Neubegierde (curiositas), verbreitet Apuleius. Dann endlich schaffte ich es wieder nach draußen. In der S-Bahn irrte ein weiterer Mensch wirr umher und leierte seine manisch-polnische Litanei: »Dring, dring! Rodzaj męski żywotny nieosobowy!« – Meinte er den Vogel? den Fisch oder das Pferd (koń; maskulin)? Denn das Polnisch bewilligt männlichen Tieren einen eigenen Genus! Die Krankheiten der Pferde kennt fast keiner mehr! – Vermutlich aber die Pferde selbst? Nein. Auch Menschen kennen keine Krankheit, bis sie einer sagt und dazusagt. Wenn nicht, plagen sie nur, ganz ohne schöne Namen: »Mauke« etwa, ein Fesselekzem, oder »Spat«, ein arthritisches Malum. »Dämpfigkeit« und »Druse« benennen Leiden der Lunge, »Mondblindheit« das des Auges. »Hautrotz« heißt auch »Mürde« oder »Hautwurm« und juckt; »Leist« läßt lahmen. An den »Prolaps penis« mag gar keiner denken! Er ist auch den Rüden des Homo sapiens geläufig – und nicht nur, wenn sie wissen, daß er so heißt! Gonzalez sagte kürzlich: »Wer ein Pferd kauft, kauft auch den Schwanz!« Wenn Hengste Stuten am Widerrist packen und widerwuchten, heißt das »Dummkoller«. – All diesen Leiden gab irgendeiner all diese Namen. »Sanatorium« bzw. »Argumentum alapatorum« oder »baculinum«, also Heilung bzw. Beweisführung durch Backpfeifen oder Rohrstock wurde von den Alten als förderlich und heilsam erachtet. Ob es heute noch nützte, dürfen wir nicht mehr testen. Bauchkrämpfe bewirken beim Pferd das anrufende Aufstampfen und Zittern der Hinterbacken. Vor Jahren, ach, vor Jahrzehnten, da schossen wir uns besoffen gegenseitig mit den Luftdruckgewehren des Onkels Paul auf den Höhen am Rhein aus etwa achtzig Metern Entfernung in die Arschbacken, um herauszufinden, ob es weh täte. – Es tat weh.

Einem furchtsamen Menschen, beteuert Aristoteles, wüchse feines Haar, so wie dem Hasen, dem scheuen Reh; grobes, drahtiges Haar wüchse mutigen Menschen, so wie dem Eber, dem Büffel, dem Wombat. Gebogene Nasen bezeigten Rabenfrechheit und dicke Hälse Stiereszorn. Im Tiere, so Aristoteles, decke sich Inneres und Äußeres, daher tauge es zum tertium comparationis. Der Gott der Genesis wußte noch die wahren Namen der Dinge. Goethe wußte, daß die Phänomene die Dinge selbst seien und weiter nichts dahinter. Mich wollte eine Mathematik entzücken, der alles eignete nach Satzung und Regel, bloß das Gleichheitszeichen nicht; das sollte probehalber bis auf weiteres getilgt sein. Dann werden wir weiter sehen oder weitersehen, je nach dem. Wenn man mir, was vorkommen soll, die Pistole auf die Brust setzte und mich zur Entscheidung zwänge zwischen Aristoteles oder Platon, dann täte ich mich schleunigst für ersteren entscheiden. Das Maß will mir tauglicher scheinen als Schattenspiel. Täuschung und Maßlosigkeit bleiben ja dennoch verfügbar. Meine Zeichnungen freveln bisweilen wider die Wahrheit, nie aber wider die Schönheit und lieber auch wider diese als jene! – Welcher Affekt trägt eigentlich den Verriß Neo Rauchs unter Fachleuten, da er doch sonst alle verzückt? Das möchte ich mal wissen! Keiner sagt mir was, obwohl über ähnliche Gegenstände die Rede rege zu sein pflegt. Vielleicht verdrießt sein Erfolg beim Volk? – Als mein Vater vor Zeiten gestorben war, lag er aufgebahrt daheim, und ich steckte ihm heimlich Charons Fährgeld unter die Zunge, den Obolus, womit er würde zahlen können, denn selbst unter den Toten lebe die Habsucht, wußte ich von Apuleius. In die hintere Hosentasche seines Sonntagsanzuges gab ich ihm noch ein silbernes Kreuz in die Brieftasche; das sollte die Götter wider den Atheisten gnädig stimmen, oder notfalls verhandelbar sein als wie ein Silberling. – Denn Geld ist das stehende tertium comparationis aller Menschen und Dinge! Meine Mutter, die ein Jahrzehnt später starb, wurde aus Umweltschutzgründen vor der Einäscherung nach Metallen und körperfremden Materialien ausgeforscht und durfte allein in ein genehmigtes Leichenhemd gekleidet werden. Ich mußte sie ganz geplündert und verlassen hingeben. Aber ich wußte ihr mit besserem Zauber, mit Fürbitten und Andenken, zu helfen. – Da ich ohnehin nichts bis auf den Grund begreifen kann, sitze ich öfters in Heiterkeit nur so da und schmunzele über die Geheimnisse der Welt und lasse den Dingen ihren Lauf. Dann winken sie mir heimlich!

Drei Krähen erkannten mich bei Sonnenaufgang als ihresgleichen und krächzten um Beute, derweil ich um Bedeutung ächzte. Den Raben aber war vom amtierenden Tage längst der beste Teil zugedacht. Schon seit Tagen durchsuchte ich meine häusliche Baugrube nach einem Packen Niederschrift und fand ihn nicht. Also werde ich mir alles noch einmal schreiben, dessen gewärtig, daß mir das Bündel in die Hände fallen wird, sobald der Neubau fertig ist. Es soll abermals ein feines, turbulentes Bauwerk entstehen, innen wie ein ägyptisches Termitenhochhaus, das von einem schwierigen Schwarm bevölkert wird. Darin summt alles verschieden und gleichbedeutend. Ein wohlklingendes Gespinst, prall wie eine wimmelnde, fangvolle Reuse. – Ach je! Fluch wird auf uns und unseren Harn oder Kümmeltee (Horaz' cuminum) kommen, wenn künftig Ruhmsüchtige fröhlich darauf Kaperfahrt fahren, um gleich Trompeten unser Werk wie ihres zu preisen. Wappnet nur beizeiten! Ein polnischer Freund legte mir kürzlich dar, daß sein Land zwei Tage vor Kriegsausbruch generalmobilisiert und deshalb in höchster Alarmbereitschaft gewesen sei und Polens Streitmacht scharf aufmunitioniert. – »Demnach war es schwerlich zu überraschen?« fragte ich ihn. Er schwieg, ein- oder fünfdeutig? – Gewisse Fragen bedürfen einer Erlaubnis, daß man sie stelle. Die Waage zwischen Vernunft und Gesittung sollte eben stehen. Ein Berliner Freund erzählte mir, er sei jüngst in einer Gaststätte mit einer irgendwie haltlosen Frau ins Gespräch gekommen, die ihm kundtat, sie heiße Carmen und ob er wissen wolle, warum? Da habe er »Ja, Carmen!« geantwortet, und sie habe ihm mitgeteilt, sie heiße Carmen, weil sie cars (Autos) und men (Männer) liebe! Da sei er verblüfft neben ihr gestanden, unterdes das Gespräch auf anderes kam. Als sie ihn dann ihrerseits einmal bat, seinen Namen zu nennen, da habe er kurz innegehalten und »Ich? Ich heiße Biervotze!« geantwortet. – Weder zurückweichen noch nachlaufen, sondern abwarten und ins Garn locken sollte eine Frau, die Alles gewinnen möchte. Drei Dinge freilich fallen ihr schwer: ein Geheimnis hüten, Unrecht ertragen und über eine Frist verfügen.

Sind wir jetzt schon in Graz? Ja, sind wir. Da fegte ich gleich mit der Droschke zum Mohrenwirt hin und verlangte: »Hirn mit Ei, bitte!« – Wenn's nicht längst verboten sei, von Brüssel oder Wien? – »Dös scherts uns in da Schdaiamoak an Dreck!« Da trank ich in Frieden zwei Bier und zupfte noch eine Kronen-Zeitung. Dann lief ich, den Bregen im Magen, über die nachdrückliche Mur. Geradezu lief ich hinauf zu St. Ägydius, der namentlich den Dom segnet – iterium ad Emi! – Weil wir die Ohrenbeichte ächten, müssen wir die obszönen Kundmachungen der halben Welt und Halbwelt in der Zeitung, im Fernsehn und sogar im Zug ertragen. Das geistige Wohl zur Fäulnis bringen ist eisige Absicht. Warum? – Und hier? Ja, hier war ich doch schon! Hier stand ich einst mit einem Kanzler Österreichs im Aufzug! Wir hätten uns damals besprechen können, aber ich schwieg staatsmännisch, weil die Emporgetriebenen heute nicht weise, sondern gewieft sind. Am eitlen Ehrgeiz beargwöhne ich seinen tiefliegenden Zorn. – Ließen sich denn heutige Kanzler von Arcimboldi oder Hurzlmeier malen? Vermutlich nicht. Mit Rudolf von Habsburg hätte ich wohl noch scherzen und galant gegeneinander einigen Glanz erfechten können, obgleich er, in politischen Belangen, eine Pfeife war. Anders Otto! Ihn abzuweisen war ein Fehler! Der tiefe russische Schnitt durch Europa verdarb einiges! Prag und Warschau genesen derweil. – Die Macht ist humorlos geworden. Wer Unheil und Rachegötter zu zähmen bestellt ist, sollte mit ihnen schäkern, auch mit sich selbst. Wenn es an der Macht nichts mehr zu bejubeln und besingen gibt, dann beginnt meist keine Bekehrung oder ein erneuertes Segensreich, sondern die Anbetung derber Gewalt. Lohe Wut sucht nichts als Tilgung. »Alles muß geschehen, um die Ideen der Familie, des Vaterlands und der Religion zu vernichten.« – Alles längst vollbracht! Würde Breton, der dies schrieb, heute darüber erschaudern? Beim Wort Manifest gilt es achtzugeben und zu rüsten, auch wider das zweite surrealistische: »Der einfachste surrealistische Akt besteht darin, mit einem Revolver in der Hand auf die Straße zu gehen und, soviel man kann, auf die Menge drauf loszuschießen.« – Der eine Geistkranke schreibt, der andere tut es. – Und sagt: Man ha-ha-habe es nie so gemeint!

Hier in Graz fiel nun auch wieder Regen (running rain gag). Es tanzte der Regen, es tanzte den Reigen ein Mondenstrahl in Stadt, Wald und Flur. Und darüber? Thronten das Schweigen und ein sattgrauer Himmel nur. – Das mochte ich eigentlich nicht: Jetzt, so spät noch einer Einladung zum Essen folgen! Ich hatte nun auch schon genug gegessen in meinem Leben! War aber auch nicht geneigt, es auszuschlagen und unhöflich zu sein. Hatte ja auch schon genug ausgeschlagen im Leben! Und meine Höflichkeit, die war vielleicht auch bald aufgebraucht? – Wenig später saß ich dann doch begütigt an einer Tafel mit zwei Grazer Damen, einer Aktuarin und einer Quästorin und einem Wiener Aktuar. Zu viert also. Und so wurden wir vier von einer Servierdame vierfach umflogen, die eine umfängliche Speisekarte auswendig hersagte. Und wir vier verstanden immer nur: »Moscherosch und Hofmannswaldau?« – Erquickliche Vierung folglich, prodesse et delectare, förderlich und unterhaltsam oder wie es aus einem Holländer herausbrechen würde: »Hartstikke leuk!« – Üppiger Schweif stutzt die Flügel; Ausschweif beschwingt! Danach lief ein jeder in seine Richtung. Wartezimmermagazine lungern und lauern auch in Hotels herum. Hieraus las ich mir eine Empörung an über falsch und meineidig gefertigte Nasenflöten aus Ahorn, Eibe und Obst. Zu holzig das, zu öko-authentisch! – sie kommen nicht in Frage! Ein rechtschaffenes Instrument soll aus Kunststoff oder Platin sein und nicht gefertigt, sondern nur gemacht. Und das Licht sollte nun auch endlich aus sein! »Im duncklen gut muncklen unde athem!« – Einatmen und ausatmen! Und alsdann: ganz tief hinab und weg. – – Weg? Oh Schreck! Ein fassungsloses Grauen nach betörendem Traume drückte mich zurück in die klammen Kissen, früh gegen fünf. – Gute Träume können erschlagen! Da die Nacht so lieblich, schmeckt der Tag dann gleich bitter! – Die schlechten aber erquicken! Denn siehe, so schlimm kann der schlimmste Tag nicht werden! Verwüstet kniete ich in Laken, entsetzt und durchtränkt von Jammer und Entsetzen. – »Was ihr heute nicht schafft, werde ich liegen lassen!« Draußen vorm Fenster toste es schaurig! Das war eine gellende Vogelschar, ein Steyerer Föglgesindl. Die suhlten sich lebensfroh in Pfützen voller Kot, enthemmtesten Frühbrülls sich entbrechend! Dazu kreischten Straßenbahnen durch eine geschundene Kurve vorm Haus. – Das Ohr ist eine offene Wunde. Am Auge haftet die Sünde, an der Hand klebt das Laster. Beide gemeinsam sind gefeit. Der Arm aber macht reich und mordet. Hände aber können sich schämen.

Am Bahnsteig: Nur so dasitzen und gucken! – Im weiten Schienenfeld belebten zwei Gleisarbeiter den baufälligen Plan; sie übereilten sich nicht, aber sie arbeiteten mindestens mit Bedacht. – Es ist ratsam, die semantischen Felder beisammenzuhalten! Und wie das tröstet und lindert, wenn Geister von Bergen herunter Abkühlung blasen. Da ich auf Cyrillus' Schultern stehe, den viele zu schätzen vorgeben, und dieser auf denen Ferdinands des Zweiten, dem viele vieles verübeln, überrage ich ihn, Cyrill, um mein Maß und bin in der Summe doch zwei Zentimeter kleiner als jene zwei! – Wenn ein Zug einfährt, zerberste ich vor Überspannung, die sich gleich löst, wenn die Türen aufgehen. Und da sie sich nun öffneten, stieg ich ohne weiteres ein und freute mich über das Altertümliche des Zuges. Da ließen sich noch Fenster aufschieben. – Man verlernt ja sonst das Winken! Sodann dahingleitende Fahrt eines Triumphzuges, in den fünf Waggons zweiter, zwei erster und ein Speisewagen gestellt waren und vorgespannt zwei dieselelektrische Lokomotiven, die uns als Jubelgarnitur auf Wallfahrt ins Gebirge zogen. Seicht ging es hinan. Luftig und windschnell eilten wir durch Täler hin. Feen schäkerten von festlichen Schneewipfeln herab und rieben sich mir zu frommen den Reif rauh. In den Weinhängen wedelten und schwangen die Keltertreter Thyrsosstäbe und jauchzten Donner bergab in die Senke. Um weinsprudelnde Quellen gor unkeusches Magdtum an tosenden Tafeln. Aller Täler Kirchen Festgeläut liebkoste die Welt und durchbebte das Vieh auf Alm und Trift zur Andacht. Derweil verzückte uns Freunde des Kykeon (Schorle) an den Fenstern der zweiten Klasse die friedlichste Gewißheit von der unantastbaren, durch nichts in Zweifel zu setzenden Gegenwart Gottes und seiner Hilfskräfte in dieser Gegend. Wir winkten ihnen mit Tüchern! Wir kühlten die glühenden Schädel am Wind. Wir führten an: »Die Seele dieses Körpers, den wir Kirche nennen, ist vom Himmel – aber sein Blut ist aus den Griechen und seine Sprache ist aus Rom.« Hugo Rahner dixit. Amen! – Wo bleibt da Jerusalem, Hugo? Viel Zeit ging dahin in schlängelnder Fahrt. Verspätung bekümmerte die Berge noch Reisenden nicht! Schiene und Zug schmiegten sich ins Tal oder an Hänge. Zwei Zugmaschinen zogen uns duldsam hinauf und hindurch, und dann glitten wir herab und hinunter in einen zerschundenen, vor Schmerz aufbrüllenden Bahnhof.

Axt und Sense machten, daß sich die Pflanzen bogen und wanden, wie ich, der die Pflanzen- und Leibesentelechie mehr fühlt als nur ahnt und ehrt. Wenn ihnen Leid geschieht, bleibt auch mir der Segen abhold! – Allein, ich habe zu wollen was geschieht, ansonsten wäre ich ein unfähiger Gebieter meiner und der Welt Angelegenheiten. Auch mag ich des Brennholzes, Blumenkohls und der Schnittblumen nicht entraten! So trat ich vor einen spiegelnden Schaukasten am Bahnhofsausgang und salutierte: »Herzlichen Glückwunsch zu meinem Geburtstag!« – Noch letztes Jahr kokettierte ich mit dem Alter; unterdes hatte es mich zweimal geworfen. Fortan also habe ich mich ihm ratsamst zu unterwerfen. Doch heutigen Tages umsäumten mich strähle Ranken! Gaudium et spes! – Wie vor acht Jahren, als mir der Bub ein »Hoch die Bürste, ju hú! Hoch die Bürste, ju hú!« vorsang, und dabei hatte er »Happy birthday to you!«

gemeint. – Ich hätte weinen können! Und ich weinte auch! Denn am heutigen Festtage, obzwar im Jahre 681, endete das sechste Ökumenische Konzil zu Konstantinopel. Ebenfalls heute befreite Ferdinand I. von Aragón das andalusische Antequera im Jahre 1410. Am selben Tage, nur im Frühherbst 1639, begann die zwei Tage währende Seeschlacht im Kanal; die Niederlande besiegten unter Tromp die spanische Flotte. – Schwer zu sagen, ob es gut so war, aber es war so! Heute vor neunzig Jahren wiederum explodierte in der Wall Street eine Pferdewagenbombe; die Neuerung peinigt oder will bis dato gefallen, je nach dem. Während meiner bezeugten Geburtsstunde aber, an einem sonnigen Sonntag zur Gottesdienstzeit, mahnte der Bundesminister für Gesamtdeutsche Fragen beim Schlesiertreffen in München vor Hunderttausenden »die Pflicht zur Rückgewinnung Ostdeutschlands« an. Wiegenfest feiern mit mir: Drusilla, Schwester des Caligula; Heinrich von Kamptz, preußischer Staatsminister; Nathan Mayer Rothschild, Bankier; B. B. King, Elektrogitarrist; Jutta Heine, Olympionikin; Oskar Lafontaine, sozialistischer Villenbewohner; Karl-Heinz Riedle, Stürmer für Berlin und Dortmund. Zum Todestag ist mein Geburtstag dem Tomás de Torquemada, Generalinquisitor, und Clemens dem Siebten, Gegenpapst, geworden, desgleichen, zu meinem Bedauern, dem Georg Wenzeslaus von Knobelsdorff und Karl dem Fünften. Auch Farinelli dauert mich. Meiner Mutter Geburtstag begehen wir am nächsten Tag; an diesem aber starb Hildegard von Bingen, die am 1. Januar 1097 geborene, unterdessen meine Mutter am 1. Januar 2000 endete. So greift eins ins andere!

Das möchte ich auch mal machen: als Möbelhaus-Model arbeiten, obwohl und gerade weil Frauen bevorzugt werden. Man hat sich da allein, obzwar barfuß, zwischen Schrankweltfluchten auf geräumigen Couchzeilen zu räkeln und ein bequemes Gesicht aufzulegen. Sonst nichts. Zu Salzburg aber fand gleich eingangs ein Umbau der Stadt statt, den man, obgleich man wenig wußte, nach erstem Augenschein für Unfug hielt. Das wurde später bestätigt von Leuten, die sich auskannten. – Ganz Europa schien jetzt seine alten Bahnhöfe bergen zu wollen! An der endlosen Bauwunde entlang lief ich durch eine kleine, späte Hitze rechts herunter Zum Hirschen, wo auch schon Freunde eingetroffen waren. – Man sah sich so selten; darum erkor ich die zu selten Gesehenen, mir hier ein Amt zu bestellen. Dann bezogen wir die Zimmer und trafen uns gleich wieder unten in der Gaststube, um Beuschel zu fassen und Gulasch zum Bier, das köstlich war und kühlte. Ein bemerkenswerter Mann kam hinzu und erzählte beschwingt seine erstaunliche Glücksgeschichte. Infolgedessen brachte ich allen meine, unsere und Emis Unglücksgeschichte bei. – Über das, was sprachlos macht, wünschte sich jede Sprache hinaus; über das sie spricht, sollte sie sprachlos bleiben! Eine blaßgesichtige Harmlosigkeit mit Pferdeschwanz, die sich für Sanftmut ausgab, versuchte mit Trostseim meine Wunden zu reizen, um sich an ihrer Salbung zu ergötzen. – »Triefend vom Öle des Mitgefühls.« Als ich ihr grollend wie Luther sagte, daß nach Adams Fall alle natürlich geborenen Menschen in Sünde empfangen und geboren werden, was heißt, daß sie alle von Mutterleib an voll böser Lust und Neigung, also nicht gut sind und von Natur keine wahre Gottesfurcht haben und nur auf Läuterung und Gnade hoffen können, da fing sie an zu weinen, stand trotzig auf und rannte davon, anderen zu helfen. – Das verwirrte die ganze Geselligkeit. War denn da noch Trost möglich? Die Möglichkeit bestand, so Gonzalez: »rein hepatitisch!« Mit hohlen Pferden kann man Festungen erobern. Aus Marmor kann man Kalk brennen; Griechen und Römer wußten ihn an Tempeln wohlfeil zu brechen. Ich schlief ganz unruhig und träumte eine Überschrift, die ich früh noch gut erinnerte: »Über Ücher und Ibliotheken« – Ein anderes Uch aber hieß: »Vom Nachteil, gestaltet zu werden!«

Was aber knurren und brummen die Biertische im katholisch-barocken Prospekt um die Salzach? – Schon vom Fallreep des Fährbootes vernahm ich aus Biergärten am Ufer Musik mit viel avec des bitteren Sinnes: »Lascia ch'io pianga mia cruda sorte!« – Laß mich beweinen mein grausames Schicksal! Meine grausamen Qualen! Es sang mir und den Flußgöttern Fridolfing und Lend zu Ehren dieses Stück aus dem Rinaldo eine abstammende Broschi aus dem Salzburger Scherzhauserfeld zum Akkordeon. – Neuerdings werden in Salzburg, wie nun beinahe überall im Westen Europas, zwei plebejische Klassen unterschieden: die vornehmlich verbrauchende und träge Klasse von der alltags arbeitsamen, und die vornehmlich ausgebende und ausgehaltene von der verdienenden und abgebenden. Über beide sieht man sich eine dritte Klasse der Klugscheißer und Bestimmer wölben, die ebenfalls nassauert. Das fiel nur Wenigen auf: Daß man gehalten sei, nach Matth. 5,44 und Luk. 6,27 seine Feinde zu lieben, beruht auf einem Irrtum. Dieser wiederum verdankt sich einer ungenauen, freilich auch schlecht möglichen Übersetzung. Die Römer, die sich mit der Feindschaft gut auskannten, unterschieden den Feind des Herzens, den feindlichen Nächsten (inimicus) vom Feind des Landes und Volkes (hostis). Die lateinische Bibel führt den inimicus und die griechische den echthros an, nicht den hostis oder polemios. Die Griechen unterscheiden polemios, das ist der Feind im Kriege, der gewaltige Feind, vom echthros, der für den persönlichen, den gemeinen Feind steht. Wir haben nur ein Wort für den: Feind; obzwar es außerdem den: Gegner und den: Widersacher (adversarius) und noch den: Nebenbuhler (rivalis) gibt; doch das sagt und meint anderes. Wir müssen die Bibelstellen folglich so deuten: Dem nahen Feind und Gegner im Streit sei durchaus Liebe entgegenzubringen; im Kriege aber erwehre man sich des erbarmungslosen Feindes mit aller Kraft um der Rettung willen – ohne freilich selbst erbarmungslos zu sein, ganz so, wie es Christenpflicht gebietet! Anschließend gehen wir gemeinsam chinesisch essen! – Warum gibt es eigentlich nirgendwo mehr Matjes? Pichelsteiner, Königsberger Klopse? Gonzalez meint feststellen zu dürfen, daß bei Völkern, die lieber veröden mögen, gleichsam die allgemeinen Kochkünste verödeten. Kindarme Völker, wie unseres, ließen sich dann wie Greise von kindreichen oder von Fabriken oder ersatzweise von Fernsehsendungen bekochen. »Tiefkühlkost!« so Gonzalez, das sage doch wohl alles! »Vom fahrbaren Mittagstisch ganz zu schweigen!«

Wer immer mir mein Brotmaß Roggen austeilt oder Weizen, muß wissen, wer immer er sei, daß mir Gerste zusteht, die ich mir fügsam selbst ziehe und schneide! Reichtum sei luftleichtes Gepäck; gut, tragen muß man es doch. Gerade so viel Auskommen sei uns vergönnt, daß wir uns nicht bekümmern, weil es zu wenig sei oder lästig. Den verdrießt das Geld nicht, der aus freien Stücken arm bleibt oder widerwillig reich. Überfluß aber sei nur Unwürdigen mißgönnt! »Tout citoyen oisif est un fripon!« – Jeder Nichtstuer sei ein Gauner! Rousseau war bisweilen voller Falsch und selbst einer! Seine Kinder beseufzten es, da er sie schnöde ins Findelhaus abschob, unterdes er hehre Richtsätze wie Pfeile wider den Adel zielte: »Wer im Müßiggang etwas beansprucht, das er nicht erworben oder erarbeitet hat, der stiehlt.« – Heute liest sich das noch anders, da ich vernehme, daß mehr als die Hälfte der Einwohner meiner Heimatstadt von der übrigen ausgehalten werden müsse. – Die derzeit gängige literarische Rechtfertigung des Müßiggangs und das hitzige Bekenntnis zum Grundeinkommen erstaunen weiter nicht; sie sind der Nutzlosigkeit und Sorge geschuldet, die auf die schwellende Masse an Hochschülern einbricht. Da klammern sich die Abgewiesenen und Hoffnungslosen an irdischen Heilsglauben verschiedenen Kalibers. Jedenfalls begehren sie, mit an Freitischen zu sitzen, und erträumen Avancen. »Anstatt sich besser gleich zum Asketen zu bilden!«, wie Kappel allgemein empfiehlt. – Nein, dienlicher hievt der Träumer den Müßiggang in die Sphären erhabener Moral; so lebt es sich wenigstens wie verarmter Adel, der halbwegs standesgemäß zu atmen und Privilegien zu halten sucht. – Zugegeben: Wenn Arbeit die Welt ausweidet und in Abraum verhext, will Faulheit wie Tugend anmuten! Aber ist es noch so? Hier? – Wie auch immer, der Drang auf dotierte Posten und Ämter dauert. Wer nichts erbt und wen selbst die Medien nicht brauchen, der muß sich begnügen und ehrenwert als Kellner oder Taxler durchschlagen. An den kalten Gluten des 18. und 19. Jahrhunderts lassen sich ansonsten noch Haß und Hoffnung entfachen. Freilich gewährt auch die jetzt schon gängige Fürsorge ein kärglich erlauchtes Auskommen – ohne Arbeit und auf Kosten anderer. »Und das ist ja Euer belegtes Zubrot: Euch benachteiligt wähnen und hierbei gut beheizt das künftige Heil ergranteln!« Also sprach Smorfitt Kappel!

Und weiters: »Unfähig, ein anstelliges Leben zu führen, verjammert es in Empörung! Ansprüche wuchern verheißend wie tropische Futterpflanzen auf fetten Böden, die andere bestellen!« – Ist denn alles so schlimm, Kappel? – »Manchmal ja.« Immerhin, wir Pessimisten haben die bessere Laune! Eigenlob und Eigentadel, beide stinken! Am Wirtshaustisch von mir aus lieber einmal in vier Jahren vier im Turnanzug als dauernd ein Abstinenzler im Rauhrock! Die verzagte Schar der Harfnergilde legte im Frühstücksfernsehen des Hirschen ihre Anliegen dar. Narrengold ist unser Geld! – Doch keinem ist bisher Tauglicheres eingefallen; ich zählte es kurz und geringschätzend durch: Es reichte! Magengrimm schikanierte mich nächtlicher Tatarhälften wegen. Für Aussicht sorgte das Klofenster. Am Himmel grübelte das Wetter auf Regen; da lief ich lieber gleich los. Im Zug toste eine Mannschaft Kinder am Fußball bis Rosenheim. Dann München: »Du nu wieder!« Marienplatz 8, Filze bei Daimer. Bier an Weißwurst gestrichen wegen Ingrimm des Pansens. Ewig am Flughafen. – Ach, was heißt schon ewig?! Nur Das Ewig, nur das eine ist so lang! Dieses doch nicht! Und siehe, da haute es mich doch fast um: Bei Plauen im Vogtland wurde jüngst ein Zehnjähriger nachts gegen zwei von der Polizei aufgelesen; der Knabe hatte den Ranzen geschultert und lief seinen weiten Weg zur Schule. Das Kind hatte den Wecker zu früh gestellt. – Was rührten mich diese Nachricht, dieses Kind! »Du wakkeres Plauener Landmännlein!« sprach ich es an, unterdes wir Flughöhe gewannen und Sonnenstrahlen durch die Luken brachen. – Tomatensäfte glühten bald wie Blut und Bier glomm gluh! »Gott segne dich, mein Kind, und auch dein Plauenland! Hast du denn immer allein aufstehen müssen?« fragte ich. »Hast du dir einsam und im Dunkeln noch Brote schmieren müssen?« – »Reden Sie mit mir?« unterbrach mich ein Trottel am Gang. »Nein!« fuhr ich ihn an. »Warum, mein Kind, säumen Mutter und Vater, dich früh zu umsorgen?« – Einst waren ja Großmütter nach Engeln die dritten Beschützer des Kindes. Da ich nichts weiter erkunden konnte, hob ich noch einmal die Stimme und sprach: »Sei getrost und lebe wohl! Ich und Oma stehen dir bei!« – Unser jüngster, Lullus, und je nach dem auch Raimundus genannt, wird dereinst, so wie auch ich, altklug sein, frühklug ist er nicht und war auch ich nie; Schläue, Scharfsinn und Esprit knospen unserem Typus spät. Es birgt dies den Vorteil, daß uns anfangs alle Welt für kleine Trottel hält und schont, bis wir uns dann ganz unvermutet als überlegen erweisen.

Eidam und Schnur hießen einmal der Schwiegersohn und die Schwiegertochter. Der Wortschwund verrät den der Gesittung und des Gepräges. Eidame, Schwiegersöhne also, sind uns nicht vergönnt. Herrenehen lehnen alle Söhne ab. Die staatlich geförderte Werbung bewirkte hier zu all ihren Absichten solide Gegenstücke. So also werden unsere Jungen, wie wir hoffen möchten, taugliche Schnuren heimführen; einige überaus scharmante Anwärterinnen durften wir bereits mustern, aber es scheint sich Besseres aufstöbern zu lassen. Eine ganz vorzügliche war uns heimlich schon anverlobt und dann nicht vergönnt, da sie einer Familie entstammte, die unsere für nicht tauglich, nicht rechtgläubig und ebenbürtig hielt, uns eine Tochter anheimzugeben. – Schade! Verschwägerung ist der Schlüssel zum Frieden unter den Volksstämmen. Das wußten nicht nur neuzeitliche Federkräfte wie Lévi-Strauss und Mauss, sondern längst schon Herodot, Polybios und alles vor 200 ante Christum natum sowieso. »Seine Nachbarn bezwisten, ist das letzte!« so Kappel. »Und wer hat hier eigentlich das Schwertamt inne?« fragte Gonzalez zuweilen die Runde. Minnemeldung über Zucht und artgerechte Abrichtung des Gespons, vermutlich bei Hesiod, ließ sich so an: »Er hielt sie für zahm, längst bändig; bis sie ihm einmal unbändig in den Schaft biß und ihn der Schlaffheit zieh. Da zog er ihr das Ärschlein blank und verhieb ihr's tüchtig bis sie schlotterbusig summte. Danach war alles wieder gut, und das Gespann beantlitzte und berühmte sich vielmals zärtlich, zeugte noch und noch und wurde erst alt, dann kalt.« – Spaßvögel sind wir selbst. Raufbolde mochten wir allezeit, niemals jedoch Schläger! Mit solchen hatten wir nun auch zu tun. Das Krankenhauspersonal traute sich nicht, die Abkunft der Schläger zu nennen, damit es diese nicht etwa diskriminierte. – Trotzdem wußten alle Bescheid! Ewige Sachensucher findet man im weiblichen Trakte der Familie. Im Fernsehn senden sie nur noch eloquente Analphabeten vom Typus dicke Ansager: Irgendwelche sollten heute im TV »gefälligst die Suppe auslöffeln, die sie eingefädelt haben«. – Sollen wir da heulen oder mit ausfädeln? Da sie doch täglich »auf Prüfstände stellen«, »in trockene Tücher wickeln«, »den grünen Bereich« estimieren und »Klärungsbedarf« haben, aber keine Ahnung, nur ihre Meinung, nur ihr geeichtes Blech? »Hinterfragen«, das sei, so Wunderbar, »wenn sie vorher den Hintern ihrer Vorsitzenden fragen!« – Welch kranker, musterhafter Seich, das alles!

Harnpropheten starren, unterdes sie urinieren, in die Bekken und Schissoirs und forschen, unterdessen sie seichen und nachdem sie seichten, ihre gele Lauge aus, nach Farbe und Geruch, nach Klang, Würze und Geschmack. Träufelt man solchen geheim Rote Beete oder Saft von Spargeln in den Trunk, geraten sie in Aufruhr und Entsetzen über die Abart ihres Urins. Dünkel hält sich von festen Gründen fern und umgeht Wirklichkeiten. Tiefe als auch Abgründe erfahren der Mensch, der Staat, das Volk und der Dummstolz in Zusammenbrüchen. Dann, wenn aller Dünkel eingebrochen, bricht sogleich die Stunde des neuen an. Das sei, so Kappel: »Die ewige Wiederkehr der Rundumerneuerten.« – Alles muß erschwitzt werden! »Die guten Jahre gingen in den Schwimmbädern direkt an uns vorbei!« erinnerte sich Kappel während des Turmsprungs der Damen. Die Malice des Menschen löst sich bestenfalls in Arbeit auf.

Fischer, Maurer, Bauleute und Dichter, das sind zähe, kräftige Menschen voller Geschick und Bedacht, die Gutes tun; die tägliche Plage festigt Leib, Gemüt und Gesittung. Medizinballspieler, Fernsehansager und Kraftprotze schwellen nur auf; wir sehen Ichverliebte und Mißgestalte, Schattenboxen und Bolschoi. »Erkünstelter Schweiß will vergessen machen, daß wir Madensäcke und sterblich sind!« meint Wunderbar. Der Mensch als Gattung spottet Darwin und jeder Realität. Er ist so wundersam, Kausalgeflechte und Evolution können ihn nicht erklären. Er ist auf einmal einfach da. – Schleierhafter fast: die Sprache! Solche Geschehnisse schöpfen nicht aus dem Zufall, sie sind Plan! Erbgut meißelt ein Gesicht, was aber gibt ihm den Glanz? Selektion doch nicht! Die vermessenen Kräfte des 19. und 20. Jahrhunderts, bestrebt, das Blut ihrer Völker zu reinigen, vergossen es dann nur in Strömen. Das Böse hängt irgendwie am Blut. Seit einem halben Jahrhundert bestreben Kräfte linker Hand, ihre Völker zu »verdünnen« – nicht zu verunreinigen, denn sie meinen es gut. Doch werden sie weniger Unheil auf uns ziehen als die vorhergehenden Reinigungskräfte? Hinzu eine Binse Wunderbars: »Dekrete solcher Dimension haben die Nachfahren auszuleiden!« Kleist empfahl: »In Staub mit allen Feinden Brandenburgs!« Er kannte die Farbe hiesigen Staubs: ein fast weißes Grau. Das war einmal Avantgarde! – Joseph Beuys können wir somit vergessen; er schwätzte zur dunklen Ausführung immer nur Unfug dazu. Die Schule seiner Listigkeit lehrte die Kunst des Ausschäumens und das Zaubern mit Worten; die hermeneutische Zunft weihte sie mit Sinn, und das dümmste Geld hetzte gierig hinterdrein.

»Sine Cerere et Baccho friget Venus.« – Venus müsse man sich, so geben sich Terenz und sonst noch reichlich Römer überzeugt, Venus als Weib schlechthin, die müsse man sich schönsaufen und heißfressen. Sonst bliebe das Essen kalt! Hans von Aachen hat die Gegebenheit 1598 gemalt und damit dauerhaft beglaubigt. Der Aachener Maler vermochte Brüste und Gesäße so anmutig zart und anfachend zu malen, daß alle Welt nicht an sich halten konnte, sie zu betatschen und abzuküssen, über Epochen hinweg bis heute! Auf diesem Bildnis läßt Hans seine überaus anrüchige Ceres gleich auch den Part der vorgeheizten Venus übernehmen; alsdann erkennen und vermählen sich der Rausch und das warme Miststück direkt zum Nachtisch. Amor rollt schon die Augen oder schielt nach Wein und schaut zu und hält Obst bereit, dessen weder Ceres noch Bacchus bedürfen, denn sie naschen ja längst Fleisch, das stärker ist als

Obst! Früher trug ich stets eine kleine Kamera mit Diafilm bei mir, um anklingende, meist jedoch schlichtere Tableaus zu erhaschen. Als wir gewöhnlich nur über sechsunddreißig Fangschüsse verfügten, erwog der Schnappschütze gut, ob ein Gegenstand würdig sei, daß man ihn knipse. Jetzt wird draufgehalten, daß die Speicher bersten! – Einst knappes Knipsen, nun ausschweifendes Abschweifen! Da war ich es leid! Auch vorwegnehmend kann man etliches satt haben. Vor- und überdrüssig weigerte ich mich bis in die jüngste Zeit, ein mobiles Telefon (Faustkeil) herumzutragen und etwa vorzuführen. »Was Justus Möser oder Goethe nicht brauchten, brauchen wir auch nicht!« empfiehlt Kappel. »Ein Mann meines Standes ruft keinen an, und herbeiläuten läßt er sich schon gar nicht!« empfehle ich. Mit hinlänglicher Herablassung gilt es Mut zu fassen, solches Gerät nicht zu bedienen, sondern zu verwenden. – So fasse man sich kurz! Jetzt freilich verwende ich doch ein Mobiltelefon, weil sich damit ohne Aufwand und abermals beschränkt fotografieren läßt. Dieser hybride Verfug hat alles wieder salviert! Mein Respekt gilt der Wissenschaft und ihrem Nutzen, und ich sehe es als Milderung, daß Experiment und Wirklichkeit sie zuweilen widerlegen. Ansonsten ist besiegelt, daß jeder Fortschritt mit einem Rückschritt zu überraschen weiß. – Wie allverfügbar und billig Geschwindigkeit nun zu haben ist! Wie berauschend mag das gewesen sein: zu galoppieren? den steilen, weiten Hang zu rodeln? den Mauerseglern nachzublicken? – Und welche Freude einst Weitgereiste und Briefe ins Haus trugen!

Der Limes markiert die Grenze, scheidet die Wein- von den Bier- und Schnapsgauen. »Cis- oder translimitisch?« Die Antwort darauf klärt mehr als nur die Getränkekarte. Ich stamme von polnischen Slawen und oderländischen Wenden (suebi) ab, die sich mit Bier leichtfertig germanisieren ließen. Weiter südöstlich, im südslawischen Sofioter Talkessel, tragen in der Stadt, »die wächst, aber nicht altert«, auf bedeutenden Plätzen und in der U-Bahn deutsche Musiker hiesige Heimatlieder und Schwänke vor und suchen dafür seit jeher um Geld an. So geht die Kunde. Das ist dort jedem, hier aber keinem je aufgefallen, bis jüngst ein deutscher Botschaftsangehöriger, seines defekten Dienstfahrzeuges wegen, die U-Bahn nehmen und zu Fuß gehen mußte. Da geschah es dann doch! Der Botschafter kabelte eilends Meldung über deutsche Bettelsängerei nach Berlin. Hier erwog das Auswärtige Amt »Sofortmaßnahmen«, denn es mochte dem Ausland und der Welt so etwas nicht zumuten. – Ja, schämt sich denn Deutschland des Arbeitseifers seiner Bürger in Übersee und sonstwo? Schämt man sich hier in Deutschland der Zeilen: »In einen Harung jung und schlank, zwo, drei, vier?« – oder schämt sich des Liedes: »Nun ruhen alle Wälder; Vieh, Menschen, Städt' und Felder; es schläft die ganze Welt?« – Gab es das je: Eine Herrschaft, die ihr Volk verachtet und sich seiner schämt? Ja doch, das gibt es! Das Volk aber redet, so es deutsch redet, bereits im proletarischen Plusquamperfekt: »Ick war jewesen und hatte jehabt.« Während sich die Gewalten die Welt korrektbiegen, wird der gesunde Menschenverstand krank. Der unglückbringende Dreisprung geht so: Platon verfügte, der Philosoph müsse Herrscher sein! Das war die Aussaat. Sie ging auf. Es gedieh in Fichte ein schicklicher Philosoph. Da es zum Herrschen nicht langte, wünschte er vorerst: Der Staat möge sich alsbald zum höchsten Verweser menschlicher Angelegenheiten aufschwingen und seinen starken Auftritt haben als »verantwortlicher Vormund der Unmündigen« und »Zwingherr« über unmündiges Volk – zu dessen Frommen, versteht sich! Den Wunsch Fichtes erfüllte vorab Robespierre, indem er Terror und Tugend zur Staatsraison der Revolution verschmolz; was Hegel erschrocken bewog, genauer von »Tugendterror« zu sprechen. Seither ist es vielfach noch schlimmer gekommen, nunmehr aber ganz sachte geworden. Uns biegen jetzt artige Beamte. – Das wäre dann vorerst ein Viersprung.

»Ich würde einem unserer emeritierten Minister nicht mal die Ehre zugestehen, mein Taxischofför zu sein. Der Rest ist Schweigen.« So Kappel. – Wäre solches Benehmen denn klug? Nun, mindestens unhöflich und höchstens unnötig! Wohlbekanntes darstellen ist auch nicht mehr leicht. Den Berg sieht man am besten vom Tal aus. Die Ockhamsche Rasiermessertheorie rät an, unter verschiedenen Auslegungen die einfachste zu bevorzugen; diese sei stets die triftigste. Denn das läßt einen sorgen: Der Selbstzweifel, die Ermüdung und Wehrlosigkeit einiger europäischen Völker und ihre Sehnsucht nach salvierendem Taumel könnte das Heraufziehen frischer Tyrannis bewirken. Die Ermatteten könnten den kommenden Rettern rascher zufallen, als wir es uns heute vorzustellen wagen. Freilich dürfen die künftigen Gebieter nicht wie Tyrannen alten Formats auftreten; wie Erlöser müssen sie aufgehen! Wenn sie als Retter die

Brände des Umbruchs, die sie gewöhnlich selbst entfachen, gelöscht und das gemein gewordene Faustrecht abgewürgt haben werden, dann dürfen sie auch als Beschützer und Rächer der Natur und der Menschen amtieren! Gewiß, schon heute bieten sich Heilsbringer natürlicher Urstände an, Propheten des Füllhorns und Rächer der Massen, die ohnehin wenig mehr als Unterhalt, Unterhaltung und Entpflichtung begehren! Sie alle geben sich bissig und beißen doch nicht. Was hält sie ab? Ich weiß es nicht, und mehr als Polybios können wir auch nicht wissen. Gonzalez, der einen Pudel besaß und sich auskennt, legt unseren Volksfrieden so aus: »Volle bellen, Satte kläffen nur!« – Und wenn sie hungrig sind, Gonzalez? – »Dann treibt es den Wolf unter die Schafe!« – Und dann? – »Geben viele Fell und Leben! Doch nach Sintflut und Beben wird alles normal!« Und mit leidlich Futter und Fernsehen, eventuell Zigarettenzuteilung und Freispielen habe man zuletzt noch immer fürlieb genommen. Freilich könnten uns Bequemlichkeiten abhanden kommen. Verlierer, egal, wer, stünden fest, die Gewinner solcher Tumulte noch nicht. »Wie immer!« so Gonzalez: »Anfang heiß, Mitte lau, Ende kalt.« – Kein dickes Ende? – »Nein, ein kaltes!« – Beabsichtigtes Verschweigen (apōsiopēsis) aber und Verkrümmung (Skoliose) seien beizeiten die zwei rhetorischen Säulen der schreibenden Zünfte, wenn sie nicht verhungern oder schon bei Lebzeiten ausgelitten sein wollen.

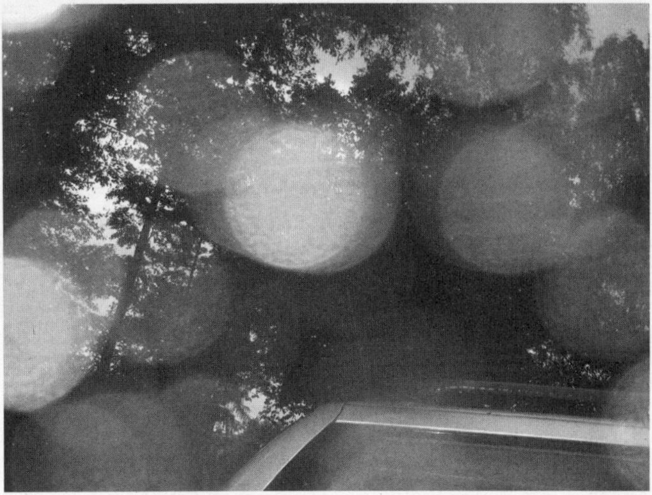

Über die Rheinbrücke trug mich die Eisenbahn zum Kölner Bahnhof bis vor den Dom. Dort empfing mich der Lektor und Hausherr Böhm, der mich stets vom Bahnhof abholt und mich jedesmal damit erfreut! Dann ging es auch gleich hurtig hinüber ins Früh zum Kölsche Kaviar als premier dîner. Danach besuchten wir wie immer den Dom und seine Penaten. Die unendliche Vollendung des Dombaus wollte wieder gefallen. Der Bausachverständige Goethe hatte zur rechten Stunde alles so auf uns kommen lassen; das rechne man ihm nur hoch genug an! Ein Fenster, das Gerhard Richter reparierte, wollte ebenfalls entzücken. Abends, nach getaner Arbeit ging es dann im Kölschen Pulk abermals hinüber ins Früh zum Flöns au souper (Gonzalez' »Sonderwurscht«). – In Köln war mir stets wohl. Warum eigentlich? Wohnen wollte ich dort nicht! Folglich ging es gleich anderntags morgens mit Laudator und Schofför Lawo auf langgezogene Autofahrt durch waldreich schöne Landschaft. Wir brausten südlich am Rothaargebirge und nördlich am Vogelsberg vorbei durch Hessen. – Wense lief das alles zu Fuß! Einen stärkenden Hessenwurstkauf erledigten wir zu Herleshausen in Wagners Wurstkammer, die ein gesunder Genitiv und Geselchtes schmückten. Dann sausten wir an der offenen thüringischen Perlenkette, an Eisenach, Gotha, Erfurt, Weimar und Jena vorbei und einmal noch um Leipzig herum, wiedebum! und hinein nach Leipzig! – Der knallgelbe Kleinwagen brüllte geschwind vor Schmerz und Plackerei und war doch am Ende nicht halb so erschöpft wie ich. Der grelle Gegenstand ruhte dann aus in einer Parkbox des feinen Hotels Seaside Park – mit ohne See. In Leipzig, wo ich mir zuallererst ein frisches, seaside-schickliches Hemdchen kaufen wollte und eines Unglücks wegen kaufen mußte, kam ich in die Verlegenheit, eines Darlehens zu bedürfen. Doch ich wollte und werde mich nicht verschulden, um faule Schlote zu beschmeicheln oder Tilgungen zu bedampfen! Und so ging ich die Instanzen frech um Vorschuß an. – Na und? Eher doch empörend, daß es Staaten zusteht, als Schuldner nach Gutdünken Geldzeichen auf Papier zu drucken und damit verschwenderisch zu salben, was, wie schon Cajus Gracchus tadelte, eine Unsitte sei, die kein Beschenkter recht bejubelt und die kaum abzustellen und nicht ohne Aufruhr rückgängig zu machen ist, unterdessen wir uns damit begnügen müssen, Glossen zu prägen und Abschlag zu schnorren.

Also warten wir ab, bis uns schnöder Erfolg oder das Glück die nötigen Summen zuspielt. Doch Glanz und Gelingen wachsen jetzt verkehrt proportional zum Eintrag. Sollten wir darum etwa bestrebt sein, uns, ihrer Abfälle wegen, unter Steinreichen zu tummeln? Einst war dies üblich unter Strebern wie Meisterhaften. Doch dieser Tage, da es keine Euergeten mehr gibt, keinen huldreichen Löwen Heinrich und auch keine weitherzigen Warburgs mehr, da zeitigt solch Erheischen nichts als törichte Flugreisen, dämliches Gerede und Cocktails auf Yachten. – Solches Ungemach ruinierte uns Rührige endgültig! Da ich der Geduld zu oft ermangele, muß ich sie üben! Denn: »Gedult ist besser jn armůt / Dan aller welt glück / richtum / gůt!« findet Sebastian Brant. Als mich einmal ein Ausschlag anfuhr, fragte ich mich: »Was bewegt diesen, mir diese Pocke auf meiner großen, opaken Hautfläche genau hier und nicht da oder dort auszutreiben? Steckt Sinn dahinter, daß etwa die Quaddel auf der Nase knospt? Ertrotzt sie hierdurch Aufmerksamkeit? Steigert sie hier ihre Lästigkeit und forciert das Leid ihres Wirtes, meins also, kraft Blamage?« – Wann was wo passiert, wissen wir, wenn etwas irgendwo und je passiert ist. Nicht aber warum! Warum etwa kommt Roman Signer, der Vortreffliche, in Appenzell auf die Welt? Weil die Brühen der Schweiz solche gelegentlich gern ausfällen? Gut, aber warum? Noch eigentümlicher will der Zeitpunkt von Signers Auftreten scheinen. Mehr als dem Ort sind wir einer Zeit preisgegeben. In so gut wie allen früheren Epochen hätte man einen wie Signer, auch in der Kunst, für irr gehalten und ihm das Leben vergällt. Derzeit ist dem schrulligen Menschenschlag einige Entfaltung vergönnt. In meinem weiten Freundeskreise gab es zwei Automechaniker, die Anfang der achtziger Jahre ein beachtliches U-Boot gebaut und in den Berliner Wannsee gesetzt hatten. Damals hätte das Boot beinahe den befürchteten Krieg zwischen Ost und West ausgelöst, weil sie hieraus mit Westzigaretten gefüllte Torpedos gen Osten schossen, die dort für scharfe Munition gehalten wurden. Das Resultat dieser Kanonade schien mir ein Neues zu sein, das Zeit gebraucht hatte, um erfaßt zu werden: Die zwei widergrimmen Himmelsrichtungen waren längst verkalkt und mürb und alles nur lächerlich geworden. – Ich vermute, mir ginge der Sinn meines Lebens auf, wenn ich es nur schon als fertig gelebtes gesehen hätte. Das ist aber nicht der Fall.

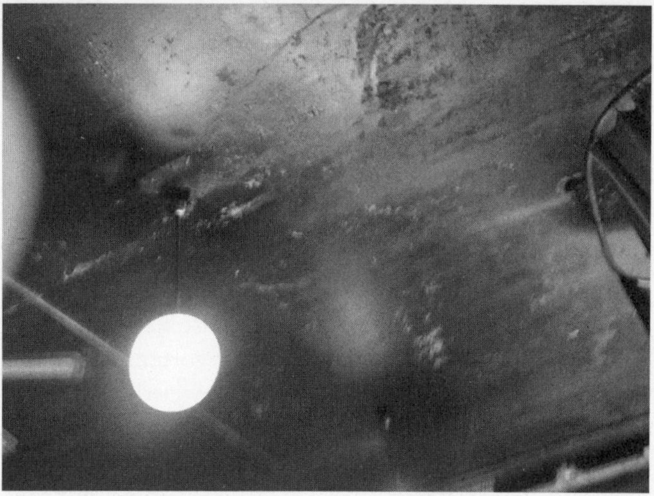

Eine alte Maxime befürwortet: Nicht zu trucken, nicht zu fochte sei der Kuß! Sonst läßt die Geherzte dem Zudringling bloß die hinteren Sachen zur Beute. Die Winter machen mich unsicher, denn vor allem die Füße verraten mir, ob ein Mensch schön und beseelt ist (kalos, psychê, eidos). Ich werde in Seide und Stiefeln auf kühlem Möbel sitzen und des Geldes für die Heizung ermangeln. Ich werde das Haus nur verlassen, um mich und meine Wäsche zu wärmen. »Eigentlich darf Fleiß unserer Qualität keinen Strapazen ausgesetzt werden!« predigt Kappel, wenn ihn Unbill benagt. Ich halte dafür und muß überdies gewahren, daß die Wohlfahrt unserer Toten ins Jenseits kaum mehr bekümmert. In meiner Wärmestube Zur Quelle starrten heute alle dort noch zu Lebzeiten in den Rachen des Todes: Sämtliche Gäste außer mir bekundeten, verfügt zu haben, daß man sie anonym beerdige oder am liebsten gar nicht. Wohlfahrt und

Geleit von Nachkommen ins Leben wird auch eher als Last und Zumutung empfunden. Viele zögern heute nicht, ihr Licht, das von Eva auf sie kam und von allen Mittelsassen treulich (triuwelîche) weitergereicht wurde, für immer billig verlöschen zu lassen. Auch Keime werden sorglos getilgt und auf den ethischen Abfall geworfen. Nur solche aber, die auskeimen dürfen und Herz haben, werden uns dereinst an die bittere Schwelle zum Tod geleiten und nachher das Haus bestellen. Was moralisch gebleicht Abbruch (abruptio) lautet, obgleich es ein Ausräuchern ist, könnte ermutigen, auch die Spätabtreibung zu befürworten. »Falls sich eine sechzehnjährige Frucht als giftig erweist!« gab Wunderbar zum Beispiel. Alte Kulturen hätten hier nicht gezögert! Andere wieder, auch die unsere, legen es nicht so aus, wie es die Fragestellung aufgibt und suchen immer nur neue Bedenken gegen das eine und für das andere Töten zu finden. – Je gedunsener ein Staat, um so mehr Ansprüche fallen ihn an, und mit dem Schwall seiner Gaben schwindet sein Ansehen und Vermögen und wächst die Reizbarkeit des Volkes. »Wer so einem das Schwert überläßt, wird durch das Schälmesser umkommen!« mahnt Gonzalez. – Ahmt das Abnagen und Auskauen des Sozialsaums die angeschimmelten Parolen des 18. Jahrhunderts nach? Ist etwa Gehlen schuld, oder Gonzalez? Nein, sie können nichts dafür! Unser längst nicht mehr unveräußerliches Grundstück bestellend, mißtrauen wir keinem und ächten Zäune; dabei sollte man Vorsicht walten lassen! Einst sprach Artaxerxes: »Die Unseren werden nicht mal mehr alles sagen können, die Anderen aber sogar fast alles haben und machen!« – Säumt nicht zu schanzen!

Auch Plotins Gnomen wollen entzücken: Schnöde Dinge haben zu uns zu kommen, nicht wir zu ihnen! Bloß früh keinen anrufen! Entweder sie schlafen noch oder haben zu tun. Tageserlebnisse, die zu berichten sich lohnte, gibt es noch nicht. Allenfalls: Man habe gut geschlafen, sei aber eben geweckt worden. Oder: Man habe schlecht geschlafen! Wer will davon hören? Oder: Man arbeite eben und sei nun leider unterbrochen. Auch heißt Plotin mich fragen, ob das Brüsseler Beamtentum früh lange schlafe? – Nun, ich vernahm, diese Sachwalter der Menschheit ruhten nie und verfügten selbst nachts noch, daß die Winde sich anderntags nach der Europafahne drehten, und ihre Riesenräder mahlten obzwar leise, so doch eisern. Einstweilen sind Europas Posten auf drei Schichten, früh, spät und nachts, fest vergeben; da läßt sich wenig machen. Und Aufruhr mißriete, weil die amtierenden Gewalten selbst auf Umwälzung sinnen

und auf Absichten gründen, ihre Völker zu bessern. Die lassen es sich gefallen. Hungrige und Gedrückte haben wir nicht, und solche revoltieren auch nie. Unter Satten oder Gebildeten schäumt zuzeiten Gewalt aus, wenn sie die Kälte und den Mut finden, zu rauben oder das Alte anzufallen und nach der Herrschaft zu greifen. Je milder sich die alten Kräfte zeigen, um so mehr schwillt der Mut einer anfangs kleinlauten Revolte. Hinfälliges läßt sich leicht fällen. Ein Umsturz glückt, wenn Dreist sich wider Gebrechlichkeit auflehnt und Anmaßung Nachgiebigkeit wittert. Bronstein verspottete die Milde des Zaren, da er ihn nicht in den Tod, sondern nur in die Verbannung befahl. Eben darum konnte er als Trotzki das längst hinfällig gewordene Zarenreich zertrümmern, den Zaren morden und dann auch sein halbes Volk verrecken oder erschießen lassen. Daß er selbst von Stalin erschlagen wurde, spendet keinem Toten und den Lebenden nur wenig Trost. Massenmord kann nur einmal und allfällig mit dem Tode bestraft werden; alle weiteren Morde und Grausamkeiten bleiben immer ungesühnt und straffrei.
»Das aber bekümmert wenig und Wenige! Überdies ist nun auch dieses Reich getilgt. Jetzt gibt es neue, andere Zaren!«
– Ja, Wunderbar, so ist es wohl!

In drei Stunden war ich an jenes andere Weltende geflogen. Als es dämmerte, weckte mich der in ewiger Wiederholung auf die unabdingbare Glut herabgekühlte Gesang des Muezzin, des Ausrufers und Schönsängers. Ich hörte es gern und spürte, wie die Anrufung die Welt auf einen Punkt zu richten trachtete. Es ist dies ein magnetischer Lobgesang; er klingt, als ersehne er, die Welt durch Zuruf zu bekehren. – Weiß er, daß Sehnen verfehlt, wenn es zwingt? Geschwind war uns binnen zweier Stunden ein brennender Sommertag beschieden. Flugs erhitzte die rasch aufsteigende Sonne das Tal und die geschundene Stadt, in der die Wiege meiner Liebsten stand. – Hier oben wuchs kein Baum, hier spendete nichts Schatten. Mit der Tante und dem Onkel stiegen wir mittags durch die sengende Hitze hinauf durchs Grabfeld der Muslime, vorbei an dem der Zigeuner, vorbei an dem der Orthodoxen ins römisch-katholische Feld zur

Grabstelle ihres Sohnes und Vetters meiner Frau, dem nur sechsundzwanzig Lebensjahre vergönnt waren. Bedrücker wie Bedrückte, Gewöhnliche wie Unabkömmliche, Einfache wie Schwierige ruhten zerfallen beisammen im weiten Hang eines Hügels. Feinde wie Freunde waren Nachbarn in granitenen Grüften. Der Mensch ist ein Ungeheuer, das andere Menschen zähmen, die eigentlich selbst welche sind. Zum Schluß ereilt sie alle der Tod! Möglich, daß, wer das Böse zu bekämpfen entschlossen ist, hierbei selbst böse wird; er steckt sich an, besudelt sich, macht sich die Hände, wenn nicht blutig, so doch schmutzig. Wäre es darum ratsam, das Böse ganz zu meiden? trotz Feindschaft das Gefecht zu verweigern? und sich allein um das Gute zu kümmern? Wer dafür hält, lebt in Gefahr und sollte den größten Verbündeten suchen, den es nur für diejenigen gibt, für die es überhaupt Einen gibt. Wer dagegen hält, lebt auch in Gefahr und sollte sich ebenso verbünden. Der Mensch ist eine bedrohliche wie bedrohte Tierart. In den Stein gemeißelt steht in unebenes Deutsch übertragen: Einziger Sohn // Böse Menschen haben dich getötet // Gott soll ihnen vergeben oder sie richten / denn wir sind nur Menschen // Ruhe in Gottes Frieden // Deine Mama und dein Papa. – Sarajevo lehrte mich Epitaphe und Epigramme schreiben, wie ein dichtender Grabräuber oder Ausgräber. – Unser schmächtiger Trauerzug fuhr dann hinaus in einen versteckten Wein- und Obstgarten; dort schmausten wir Braten und Fisch, erst noch betrübt. Dann aber segneten wir die Helle unseres Tages mit Liedern und Wein, auch für jene, die keinen und nicht mal Einen mehr haben.

Ein sonniger Nachmittag im Gasthaus. Einmal endlich war die Musik bis zur Quelle hinauf verstummt. Nur sie sprudelte leise und lauter. Tief über die Gasthaustische gebeugt, saugten wir durch feiste Leselinsen Irrsinniges aus grundbegütigenden Zeitungszeilen hinauf in den Restverstand, folgendes zu begreifen; Gonzalez las es laut vor, wir anderen kollationierten: Die Berliner Staatsmacht sei ganz machtlos wider elf – »Elf!?« – »Ja, elf!« – Jahre alte Heroinhändler und deren orientalische Verwandtschaft; man nähme sie fest, müsse sie freilassen; wenig später ginge alles von vorn los. – Noch während wir es zu fassen suchten, betrat ein uniformiertes Paar die Gaststube und wies sich als »Zweierteam Ihres Ordungsamtes« aus. Sodann fotografierten die zwei Ordnungsamtsinhaber zügig wie nur Schergen: Bouletten, Solei, Bier und ertappte Ascher. Dann horchten die Büttel uns aus, ob wir etwa rauchten und äßen? – »Nie!« belferte Kappel. Das Amt wollte ihm keinen Glauben schenken. Die Macht verfügte sodann eine »Ordnungsstrafe« wider des Wirtes Bouletten und Solei in Verbindung mit Aschern, ihn und uns zu beugen und mich, der ich nicht rauche und doch gern unter Rauchern sitze, zu schützen. Dann versuchten sie immerhin, uns den Unfug etwas zu entwirren: »Entweder Sie dürfen hier rauchen, vorerst noch! Oder es gibt Essen, dann ist Rauchen verboten!« Den gesunden Einwand Wunderbars, es sei ratsam zum Trinken und Rauchen hin und wieder einen Happen zu essen, wollte das Ordnungsamt nicht gelten lassen. Berlin, das nichts ausläßt und alles duldet, sofern es sich um Schwachsinn, Ausschweifung und »Tolleranz« handelt, zeigt Härte, indem es unbekümmert Brauchtum ächtet und uns zu erziehen sich anheischig macht, unterdes andere machen, was sie wollen. – Derart keimt Willkür machtbesessener wie ohnmächtiger Bürokratien nutzlos gewordener Staaten! Alsdann verhängte die vorgeblich sanitär besorgte Staatsmacht einen Boulettenbann über uns, die sie für Schwererziehbare hält. – Nun, allein darum geht es doch! »Unsere Gesundheit rührt sie einen Dreck!« beschied Kappel. »Und wenn die Quellen versiegen, dann bald auch noch mehr!« – Daß sein Leben ein endloser Schornstein sei, las ich im Tagebuch des verstorbenen Freundes Dittmann, der selbst früher für kurze Zeit Pfeife rauchte, als es sogar die Politiker taten, um für kantig und klug zu gelten. Heute verschafft man dieser Tendenz Geltung, indem man über schmalen Lippen den kalten Nasenspitzen schmale Lesebrillen aufsitzen läßt.

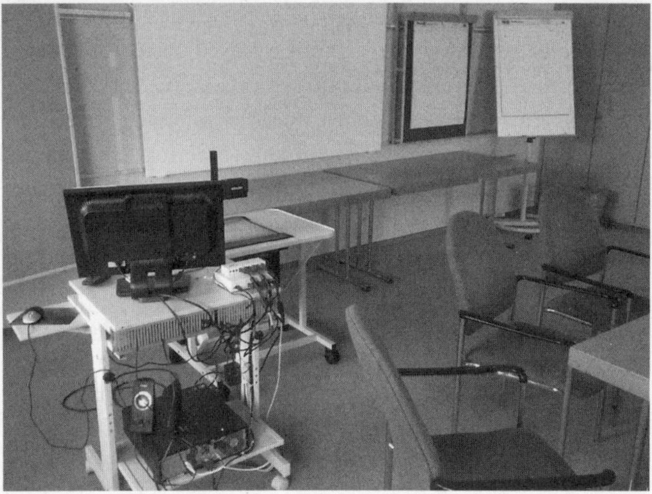

Wenn ich uns im Familienkreise nur wenige Zeilen aus meinen Gottesbeweisen vorlese, laufen Frau und Kinder eine viertel Stunde im Zimmer herum und lachen sich teils tot, teils scheckig, und der Rest rauft sich die Haare, als habe er den späten Nietzsche vernommen. Gonzalez trug mir zwei Tage nach den Ordnungsamtshandlungen einen längst verwehten Bericht über Eltern zu, die der strafdrohenden Behörden wegen verzweifelt um Asyl in USA ansuchten. Sie hatten ihre Kinder nicht in die Schule geschickt, sondern daheim selbst unterrichtet; was sie besser machten – das attestierten Fachleute! auch Kappel und Wunderbar: »als sämtliche Schulen zusammen!« Als man ihnen die Kinder wegzunehmen drohte, wurden sie zu Flüchtlingen. – Wir halten unsere Hausschulstunden deshalb geheim ab! Am Platz hier, darauf wies Kappel hin, hocke bei jedem Wetter ein kaum fünfzehnjähriges Mädchen, eine kleine, bosnische

Zigeunerin, und quetsche den Tag lang flaue Litaneien aus einem räudigen Akkordeon, »um anzuschaffen, wie die Luden sagen«. – Ansonsten der böse Sinn des Wortes Akkord, wenn er eintönige Lohnarbeit meint! Zu betteln werde sie früh, wie auch andere, im Kleinbus gebracht, abends abgeholt, irgendwo untergebracht; keiner wolle Genaueres wissen. Als eine Dame ihr einmal zehn Euro spendierte, ging eine andere die Spendable harsch an: »Wie sie so dumm sein könne!? Das Mädel gehöre in die Schule, darum habe man sich zu bekümmern! Und das Geld werde ihr weggenommen, das wisse jeder!« – »Aber die Behörden waren ja längst aktiv!« habe die ertappte Wohltäterin da erwidert, »doch man könne nichts tun, man müsse Rücksicht nehmen auf Fremde und ihre Sitten! Also gebe man ihr besser etwas; ein wenig werde ihr schon bleiben und aus Schaden werde man klug!« Zu entschlüsseln, warum er so klug sei, mutmaßt Nietzsche auch dies: Da ihm Alkoholika »nachtheilig« seien, müsse es für gescheit gelten, sie zu meiden. War es da stimmig, daß ich ihm den »Nachtheil von Alcoholica« nicht abnahm, sondern als ein der Nacht vorbehaltenes Heiligtum auslegte? War es nicht treffender, von Nachtheiligtümern als von Nachteilen zu lesen? – Ja, doch, durchaus! Denn wenige Zeilen weiter gibt er es selbst zu: zum »Vortheile« nämlich einer umfassenden, während einer Nachtwache geschriebenen Abhandlung, Grog schwersten Kalibers über sein Schullatein gegossen zu haben! So ist also Nietzsche ein Wasserprediger? – Hierzu kein Wort, bloß einen Blick und ein Schluchzen!

Mir sind Leute bekannt, die auf jede Beerdigung laufen, weil sie sich anders ihrer Lebendigkeit nicht zu versichern vermögen. »Dabei sind sie längst scheintot!« bestätigte Wunderbar. Der Gang des Lebens kennt keine Schuld. Alles ist, wie es ist. Wem will schon die Sperrigkeit des Wirklichen gefallen, oder die mitleidslose Gleichgültigkeit und die stumme Penetranz der Natur? Leben zehrt von Leben! Das ist die ganze widrige Wahrheit. Vor tausend Jahren führte Mahmūd-e G̊aznawī (971 bis 1030) eine allsiegende, meuchelnde Sichel durch das träg vor sich hinträumende Indien während siebzehn erbarmungsloser Feldzüge. – Nun, wann sind sie es nicht? Auf ihren geschmückten Elefanten suchten parfümierte, in Scharlach gekleidete Prinzen vergeblich zu trotzen. Indiens entsetzte Götter versteckten sich bange in Flüssen und Bergen. Asiens Buddhisten, die jeden Kampf und jede Bluttat verweigerten, ließen sich zahllos und duldsam hinschlachten. Man wähne ja nicht, die Völker des Ostens hätten sich aus freien Stücken, irgend sanft bekehren oder begeistern lassen! Hier war erst alles eifernder, drängender Krieg, schroffe Unterwerfung und Bekehrung! Im Westen derweil griff frommer Zorn schon nach Genua, eroberte und plünderte die Stadt; 1004 fiel auch Pisa. Zypern, Rhodos waren längst genommen; Sizilien berannt. Ein Kalif, ein Nachgesandter Gottes also, Al-Hākim bi-amri llāh, befahl am 18. Oktober 1009 die Verwüstung der christlichen Heiligtümer und des Heiligen Grabes in Jerusalem. Arabiens fromme Heere griffen beflügelt wie Feuersturm nach dem Westen wie Osten aus. Keiner vermochte sie aufzuhalten! Nordafrika, Spanien und Portugal waren auch längst erobert. Zäher Krieg und Überfall riß die Ränder des Abendlandes auf und griff schon nach seinen Herzen, den Städten Rom und Mailand, Wien und Moskau. Dann erst, Jahrzehnte später erst, erhob sich 1096 das zitternde, zerstrittene, spröde Europa zu Kreuzzügen. – Was rührt uns, allein diese und uns zu zeihen? Warum vergessen wir darauf alle die untergingen und sich wehrten? – Schrecken betäuben die Menschen entweder wie Blitze oder ganz lautlos wie schwelender Rost. – So tilgt Entsetzen sich selbst. »Zudem empört diese Zeit ein widriges Wort mehr als jede widerwärtige Tat, ja, Mord! Und der beseßne Kampf um Ideen und Ansichten bewegt die Deutschen mehr als die tatsächliche Lage!« Das faßte Kappel Mut, zu sagen, der schlechten Lage eingedenk. – Aber Kappelchen! Der Gang des Lebens kennt keine Schuld. Es ist, wie es ist. Alles wird, wie es wird. Und Leben zehrt von Leben!

Die Ureinwohner als Menschen minderen Rechts zu behandeln war normannischer Richtsatz; als das angelsächsische England an einem Tag von wenigen tausend hochmütigen Eindringlingen erobert war, brachen sie dem Volk mit der normannischen Sprache das angelsächsische Genick und Zungenbein. Stadtluft habe einmal frei gemacht. Heute ist sie eisig und ersticht ihre Einwohner. So trödelte ich verwundert durch Hamburg hin. Jedweder keuchte am Ufer der Alster entlang. Wie Pferde schwitzende Läufer vermochte ich im Spaziergang zu überholen. Zwei Erwachsene lagen auf dem Rücken und ließen Drachen steigen. Auf See pflügten mit des Schiffes eilendem Kiele andere Infanten dem Vöslauer Prosecco zu. An Land brüllten sich übelgesinnte Radler die Rennbahnen frei, behelmt und räderrollend wie einst. – Den Typ des Brillo Helmsteins markierend; der Stahlhelm nun ein styroporenes Streifenhörnchen.

Es rasten die Schatten der Körper der Leutpeitscher! Es rissen die Kinder der traurigen Weide den Arm ab. Es ergötzten sich friedbewegte Väter an der freien Entfaltung ihrer fühllosen Ableger. Es ermutigten dumpfstolze Mütter, das nächste Geäst zu kupieren. Es kaute die Herde ihr Grünfutter. Es strotzte Gesindel im nachhaltigen Saft. Es lebte die Welt um ihr Leben! Es war mir zum Kotzen und eine Mordbahn zu queren. – Drüben, im dortigen Literaturhaus umfing eine andere Welt, eine ruhig getäfelte, mit Hörbuch an Gurkensalat. Dann saßen wir spät noch in kleiner Runde. Unter uns ein ansehnlicher Kunstsammler, der, als es lustiger wurde, sehr scharmant androhte: »Wenn hier jetzt Witze erzählt werden, verschwinde ich sofort!« Der Mann freilich auch schwebend (claritudo), da er feine Twomblys im Hause hängen hat, die mein Kind als Gekrakel zu verachten nicht ablassen will. So schätzt es auch Lawrence Weiners Werke als langweilig ab und nennt sie: »Moderne Geisterkunst«. Es wittert hier die Blässe, die anämisch-pneumatische Verflüchtigung und – den gespenstischen Kindstod. Daß beide, Weiner wie Twombly, kanonisiert und gesucht seien, ist dem Sproß egal! – Anderntags zielte ich im Vorbeifahren einen schroffen Blick auf den Friedhof Ohlsdorf und peilte die große Uhr am Portalturm an, worein ein Dornenkranz geflochten ist und darunter steht: EINE VON DIESEN.

Ausgemacht war, daß man den Bauern Schatzung und den Zehnten nahm; mir holzt man die Hälfte ab. Solches fachte einst den Zorn der Völker an. Warum bleibt es hier so ruhig? – Preßte mir der Staat weniger Steuern und Beifall ab, dann würde einer wie ich von seinen Rechten niemals ganz Gebrauch machen. Ich bezeigte mich gönnerhaft und gewogen! Vertrauen soll im Bewußtsein, daß es enttäuscht werden kann, geschenkt werden. Und es wird getäuscht! Ich sehe mich gezwungen, um jeden Zoll meines Grundes zu fechten. Weder Tod noch Teufel, weder Max noch Moritz, weder Gracchus Babeuf noch sein Sproß Marx amtierten je als echte Nothelfer; sie alle waren immer selbst bedürftig. Die letzten zwei trompeteten gar auf Kosten anderer. Jener bedrückte und vernachlässigte fünf, dieser sieben Kinder. Anderweitige Schwächen übergehen wir. – Man verkenne die dem Bürgertum entkeimenden Übel so wenig wie die ihm zu verdankenden Tugenden – Ratio, Weitblick, Tatkraft. Es beflügelt Erfinder und Wissenschaften. Es vermag über sich selbst hinauszugehen und gebiert, überlebt und einverleibt bislang jede Kritik. Die Bourgeoisie erwirbt gewöhnlich nicht durch Raub, sondern durch Tausch und eine Freiheit des Handelns und Handels. – Nun ja, wenn man nur achtgibt! So sei ihr stets ein kluger, demütiger Staat beigesellt, sonst brechen der einen wie des anderen Makel durch! Die illoyale Haltung zum Staat, der schont, hegt und sogar Feinde duldet, ist nicht ratsam, sondern waghalsig! Es gibt Republiken, die sowohl wütende Wespen als auch rege Bienen ohne weiteres zertreten. – Um als Experte zu gelten oder Staatsmann, muß jetzt keiner mehr sein Fach studiert haben. Ein Volk gut zu regieren braucht es: Sprachen, weltreiche Geschicklichkeit; Staatskünste, Wirtschaftsgeschick; Einfallsreichtum, Entscheidungsmut und eine Ethik der Bescheidung. Einst konnten das die gelernten Könige, heute nur noch Köche. Beamte, so Marx, seien: »Parasiten und Schurken.« Ahnte er nicht, wie sehr solche seiner Sache zu Diensten sein könnten? Babeuf verdankte Bürokraten seine Hinrichtung. Preußen verdankte ihnen einiges. Wir verdanken ihnen die Feinstaubplakette und das Sparlicht. Victor Hugo resümiert die bürokratische Geistwelt: Freiheit hält gefangen (emprisonne); Gleichheit setzt herab (dégrade), und Brüderlichkeit tötet (tue). Die gute Gesinnung trägt ein Richtbeil im Rucksack. Pazifisten sind nicht selten giftig. Und Kappel resümiert: »Wenn Ahnungslose Unfähige wählen, ist sowieso alles wurscht!«

Der Brühl, das ist ein morastiger Ort oder Bruch, und einst nannte man so auch eine weite Hose (bracae); die Schweiz hat sich das Wort Bruech einverseelt. Früher sagten wir außer: warten (exspectare, attendere) noch: beiten (manere). Dieses beiten entsprießt der mächtigen Wurzel: bauen, und es klingt an, daß wir bleiben und beiten, wo wir bauen, wohnen und arbeiten. Scherzen und schäkern hieß einst und außerdem noch: dahlen, kindische Dinge tun (lallen) und: tändeln, sich in losem Spiel ergehen. Ein Mädchen und Fräulein kann des günstigen Eindrucks nicht verfehlen, erstlich wenn ihre Füße hübsch sind und anderns ihre Stimme eher im Alt wohlklingt. Heute obwaltet das unfeine Piepsen und Näseln. Meistens könne, wer eines Menschen äußere Gestalt erblicke, erkennen, ob er edel sei, finden Euripides und auch ich. Ich frage mich nur, warum Zoohandlungen so stinken müssen? – Neulich kaufte ich mir kurzweg und aus Übermut ein Quartett Fischlein und trug es in einem Plastikbeutel heim in geheimer Absicht. Ich hieß sie nun leibeigen, meine vier halbwüchsigen Putzerfische, die das Fach »Putzerlippfische (Labrichthyini)« nennt. – Es sind spezifische Fische! Ich setzte mir das Fischquartett behutsam in eine Glaskugel mit nichts als klarem Wasser darin. Des Abends tauche ich täglich meine Brille hinein, und sogleich weiden mir die vier dienstbaren Tierchen die Gläser rein. Sie nähren sich allein von den Belägen meiner Brillengläser. Einem jeden Fischlein ward eine der vier Seiten der zwei Gläser einer Brille zugeteilt; auf der seinen äst ein jedes dann emsig, mir zu frommen, sich zu füttern! Als Zubrot gebe ich ab und an noch die Lesebrille ins Becken. – Dieser Dienst bleibt allein mir vorbehalten! Denn wenn auch die Kinder ihre stets verschmierten Schieleisen mit einlegten, würden mir die Fische zu fett. Vermittels Fürsorge (curatela), Döner (panem) und Rummel (circenses) halten die Instanzen auch uns in Berlin bei Laune. Oben stehen die feinen Wolken der Verheißung am Himmel (meteōros) und quellen mollig auf, bis einmal jähe Gewitter herausfahren werden und jeden fällen, der nicht guten Glaubens oder nur dämlich war. Hölderlin ahnte es nicht nur; er hatte es erlitten: »Das hat den Staat zur Hölle gemacht, daß ihn der Mensch zu seinem Himmel machen wollte.«

Im Kreise der Familie erinnern wir uns gern, daß wir bis dato auch in Fron und mit eigener Anstrengung überlebten und einer Betreuung, außer der ärztlichen, nie bedurften, und so wollten wir heute zum Gedenken daheim dem Akkordeon eins abquetschen und feiern. Ein Essighafen soll unser Haus nicht sein! Überdies macht man mit Hausmusik die Ehe feuerfest. Denn im Alter werden die Weiber gräulich und spitz, der Schoß wird taub und die Seele fromm, die Männer jedoch werden schön und schlaff und versoffen und blöd. »Und so viel Tau, wie mir meine Pflicht in der Hand läßt, werde ich anwenden, ihn über Wasser zu halten.« So übersetzt der alte Bode den längst müden Montaigne, der, des Kerkers, der Kriege und Pest überdrüssig, während einer Abendmesse verschied. Was unsere Guten, unsere Besten und Brüder im Geiste betrifft, müssen wir stets im Bilde sein, auch wenn die Nachrichten über sie von

Übel sind. Eine Altenpflegerin erzählte mir, ihre Mündel im Spital seien im Schnitt dreißig Jahre alt und allesamt Drogenwracks; ihre Arbeit unterscheide sich kaum von der mit pflegebedürftigen Alten, nur seien ihre Schützlinge launischer, explosiver und, anders als die meisten Alten, sabbernde Vollidioten, die aus Bequemlichkeit oder Verachtung einpißten. Jene aber, die fränkische Biere und Thüringer Würste, den Sagitarius und Buxtehude, Schlegel gar oder Suppenhauer für auskömmlich hielten, sind noch bei Gesundheit und Sinnen, obwohl auch sie sich gern berauschten. Waren einst die Kniebundhose, ein kariertes Hemd und schweres Wanderschuhwerk unserer Rüstigen Markenzeichen, so ist's heute die Kniebundhose, das karierte Hemd und schweres Wanderschuhwerk der Marken Goretex und Wolfskin. – Wir wandern auch gern, tragen hierbei allerdings Zivil. Beim heutigen Gang durch die Birkenwäldchen bei Gatow hielten wir eine frühe Schnecke auf, die zögernd im Grase anlegte. Wir rasteten ebenfalls, gingen ein paar Schritte zurück, sie zu beobachten. Erst schaute sie geradeaus, dann fühlerte sie behutsam nach links, gen »winster«, hielt wiederum inne, wie wir, und bog dann doch nach rechts ab, gen »zese«, wie die Tiere sagen. Einmal entschieden, glitschte sie nun emsig davon, Richtung Havel. Am Waldrand horchte ein Reh auf! – dort, wo nun langsam die Wasser wärmten und Brummer sich auf Rinden sonnten. So leichtfüßig und anmutig, wie es dann über die Wiese setzte, so schreitet nur meines Eheweibs zierlicher Fuß! Zitronenfalter erträumten im Sonnenschein den Sommer im Herbst, ehe noch Abendwinde ihre zittrigen Leiber verklammten.

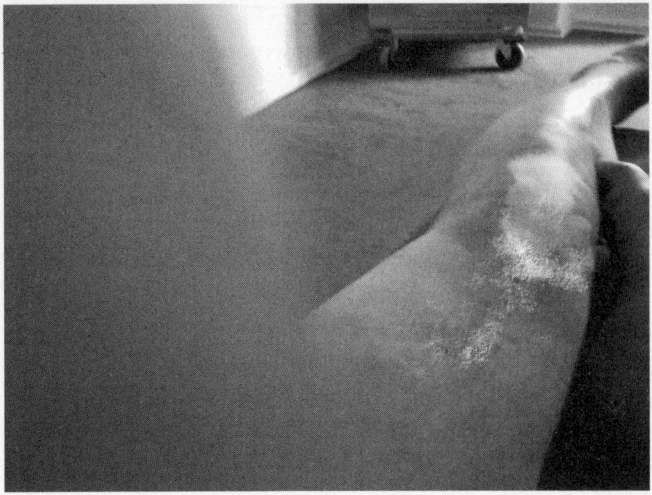

Abends dann, am genügsam beheizten Fernsehapparat, sandten sie uns noch ein Elefantenidyll hinterdrein: Da sahen wir eine gar liebliche Elefantenkuh ihr Kälbchen rüsseln und beschnuppern. Alles behagte allen. Dann pustete die Mutter dem Kleinen zärtlich ein Schippchen voll staubigen Übermuts ins Schlappohr. Das Kind schüttelte sich wohlig, und dehnte und bog sich wie ein Kätzchen. Dann huschte es unter die Mutter hin. Die Herde besah alles mit Wohlgefallen und zog dann brummend weiter. Als uns gleich hierauf die Meldung traf, im Berliner Zoo sei ein Eisbär ertrunken, schalteten wir lieber aus und stellten Überlegungen an: Kann das sein? – diese Tiere sind doch halb Wasserwesen. Vögel könnten wohl abstürzen, Falter erfrieren, aber Fische ertrinken? »Bei der Nachricht vom Tode des armen Hündleins befiel mich die Erinnerung an die Hegel-Schleiermacher-Kontroverse über das Wesen der

Religiosität, das Schleiermacher im Gefühl der schlechthinnigen Abhängigkeit erkannte, worauf Hegel erwiderte, dann wäre der Hund das religiöseste aller Lebewesen. Das war kein Argument ad hominem sondern eins ad canem. Es hat mir immer die Herzlosigkeit Hegels bewiesen.« So Carl Schmitt, der überdies in jene Richtung zeigt: »Omnibus semper placuisse, res est plena fortunae: Placuisse paucis, plena virtutis: Placuisse nulli, plena doloris.« – Also: »Allen immer gefallen wird dem Zufall verdankt, Wenigen gefallen der Tugend, Keinem gefallen schmerzt.« So aber sagt es ihm und uns Jacobus Balde, dem keiner gefallen wollte, und er gefiel auch keinem – außer mir! – Dienstag verstarb uns das in winziger Welt bei und mit uns lebende Meerschweinchen Mucki; ich lief mit der Sargtüte auf den Friedhof, eine geeignete Grablege für das entschlafene Tierlein zu finden, da die Familie hierzu gelähmt. Ein Stück lockere Erde ausmachen, unbewachsen, würdig, das ist nicht leicht. Aber das Tier hatte zu Lebzeiten stets einen Engel wie Gonzalez Brockel beigesellt, der sich nun weiter kümmerte. Ein winziges Grabnest fand ich darum doch; ich verrate nicht, wo! Anfangs, als das Tier noch atmete, sollte es wohl ein- oder zweimal im Monat vorgekommen sein, daß es, ohne erkennbaren Anlaß, mit eins erstarrte, erregt aufsprang und ergriffen äugte und von etwas Numinosem berührt gewesen sein mag. – Da schaute es dann vielleicht seinen Gonzalez, den wir anderen nicht wahrzunehmen vermochten? Unsere Engel wollen oder können die meisten längst nicht mehr erspähen. Die Tiere lassen sich hierin nicht beirren. Ich aber schätze mich glücklich, gleich drei zum Freund zu haben!

Daß noch vor der Speise alles Menschsein nach Wohlklang darbt, war längst ausgemacht. Fruchtwasser (liquor amnii) wiegt die schlummernden Föten; sie lauschen weltfernem Schall und horchen und atmen wie Fische mit Kiemen. Noch vor der Sprache umfängt jede Seele Musik. Wer auf die Welt kommt, dem klingt Geräusch und Klirr und Schall und Hall wie Musik, und das Murmeln der Mütter und Menschen summt lange Zeit bedeutungsleere, sprachlose Lieder. Schlaf und Wachen sind kaum geschieden. Bis dann in stiller Nacht, in heiliger Nacht ein Wunder aufbricht, und das heißt Sprache. – Abditum mentis, Geheimnis der Besinnung. Mein Vater beatmete des Abends gern ein trauriges Lied auf dem Bandoneon. Wir erinnern uns gern, daß wir leben. Ein Akkordeon, das umfängt und erklingt uns gemeinsam und stimmt uns ein und stimmt überein (accordare). Zwar ermangelt die Konzertina der fest verbauten

Akkorde, doch summt sie uns kleine Konzerte (concertino); sie zu verbessern, erfand das Bandoneon Heinrich Band, ein Musiklehrer aus Krefeld. Dem Bandoneon, auf den Knien zu halten, eignet ein Griffsystem für Diskant- und Baßteil mit Knöpfen für nur Einzeltöne; diatonische und chromatische Ausführung sind möglich. Das Akkordeon wird umgehängt und bietet die vornehmste Ausstattung: einen Diskantteil mit sechs Stimmstöcken; es bietet weiters eine Baßbegleitseite mit Knöpfen in Anordnung für Akkord- und Einzeltonspiel, bietet weiters Baßregister und Luftklappe. Akkordeon, Bandoneon und notfalls Mundharmonika befestigen das Haus. Der Schlagermusik kann man so auch besser entraten! Marschmusik sei uns jede bis ins beginnende 19. Jahrhundert gestattet, keinesfalls solche danach (rap). Im Schlager bricht brünstiger Drang auf und Mache; er gehört zur Musikgattung der Begattungsmusiken. Wir freilich lauschen und musizieren mit pueriler Sinnlichkeit und abgefeimtester Akkuratesse. Nur verschwipst dürfen wir uns törichten Melodeien hingeben und prellen lassen von liederlichen Schnulzen. Liederlichkeit hatte einst mit Liedern und Frohsinn zu tun, bis sie dann die Schlampigkeit und Schlüpfrigkeit zu benennen bestellt war. – Wäre es nicht an der Zeit, das Wort schärfer zu fassen und »Liderlichkeit« oder »Luderlichkeit« und auch vollends widerlich: »liderlich« oder »luderlich« hierfür zu setzen, das Lied zu verschonen? Und ihm die Lust an der Liederlichkeit zu erstatten? – Des Kindes erstes Tasteninstrument, auch meins, war früher das Radio; das war einst die Zeit der rhapsodischen Abtaste.

Heute setze ich eine Urkunde auf, daß meiner Wohnung nichts angetan werde von Geschlecht zu Geschlecht, bis ihre Reste vermodern oder ein Wolkenguß sie von ihrer Stelle fegt oder überhaupt ganz wechfecht! Dann erst breite ich das Bahrtuch über eine verwickelte Angelegenheit. – Gute Wohnung, nie daheim und umgekehrt! Doch alles war auch anderswo ganz angenehm: Der Ort, den ich ganz früh inspizierte, und auch sein Schloß waren schön; die Einwohner aber, wie indes wohl überall, schon etwas beschädigt an Körper und Geist. – Je nun! Das Essen war vornehm, und über die Hitze wurde ich nicht grämlich; das lasse ich selten zu! In einer ganz verlorenen Gaststube schaute ich noch etwas Länderfußball, verschwand dort aber gleich, weil sich das Volk in Unruhe stimmte. Ein nächtlicher Autokorso verriet dann den endgültigen Sieg unserer Sache. Früh erwachte vor dem Fenster meiner Herberge ein im Wartehäuschen Liegender und rief mir begeistert sein mattes »Deutschland!« zu. Dann schlief er entschlossen weiter. Ein kleines Glück, ein harmloser Vorfall; die Welt ist eine gute Kugel! Soweit die Lage. Auf einer Zugfahrt dann wieder Verspätung und Verschätzung. Ex oriente et occidente non lux, sondern Schlampigkeit. – »Doch wohl gemerkt! Wir haben nichts gegen Schlampigkeit, wenn sie bestellt ist, die Monarchie abzumildern!« sagt Wunderbar. Die gesprächige Dame aus dem Zug aber, die möge bitte sogleich daheim eine Wassermelone wiegen! Sie behauptete, diese wögen immer etwa siebzehn (!) Kilos. Ich schätzte, allenfalls vier veranschlagen zu dürfen. Das mußte geläutert werden! Mein Gesuch aber mußte ich der Melonendame als Gedanken übertragen, denn wer die Schöne aus dem Zug war und wie sie hieß, wußte ich nicht. Ich stellte mir also sehr fest vor: Wie ich der Gnädigen zwei Wassermelonen darbrachte und ihr die Wahl ließ, ob sie die eine, die andere oder beide abwiegen und ihre Summe teilen wolle; auch durfte sie die vermeintlich schwerste bevorzugen: »Und dann sehen wir weiter!« – »Alle herzten sich. Auf mich aber dachte beinahe niemand.« Wer Stifter kennt, weiß warum. Er war wohl ein baufälliger, unleidlicher Mann. – Dem Gebrauch der Worte: unendlich oder: untadelig bleibt im negativen Präfix immer ein Anzeichen abschlägiger, ja unleidlicher Vermittlung erhalten.

Geld wurde nicht erfunden, sondern gefunden; Zufall und Sinn waren fällig. – Oder erfand es sich gar selbst? Sollte alle menschliche Ordnung einmal zerbrechen, dann wird nach Raub und Willkür der Tausch nach der Arbeit die Gesundung einleiten und viel von dem stiften, das wieder Ordnung schafft! Schmelz, Vlies, Flor (aōtos) und alles, was luftig glänzt und hell strahlt, wäre zu zart, zu verletzlich und wehrlos, um für Geld zu gelten. Gold ist robust und hat den Glast, der an Güte und Beständigkeit glauben läßt. Der Sternen Lauf, der Sonnen Glast! Hier borgt sich der schnöde Geistfunke von Tausch, Umlauf und Goldgeld sein glanzvolles Ansehen. Nun aber täuschen und irrlichtern im Tausch Papiere und schlechte Münzen. Sie sind nicht licht, sondern leicht. Sie tun so, als rechneten sie beim Zählen und Zahlen kaum noch zu den Sachen, die eher verdicken und Masse bilden. Vergleiche und Gleichnisse spiegeln nur, wenn sie hässig und gegenständig gefügt sind. Zuhälter und Makrele sind in Frankreich eins: maquereau. Im Kopf ist das Hirn der Sitz der Sinne, des Denkens, Gedächtnisses, der Sprache; es leitet die Säfte, die Lust, den Schmerz, die Apparate, das Instrument. Gebein, Lungen, Fuß und Nase wähnen sich nicht unfrei, nicht unterdrückt, wohl aber leibeigen. Ein Orchester, das eint, befestigt und steuert der Tonsetzer und Beiwedler. Diese entstammen einem Geblüt ordnungsliebender Hünen, die wie Grasmücken oder Hänflinge aussehen. Mein Freund beläßt, wenn er auf Reisen geht, seine vier Goldfischlieblinge, sosehr er ihnen anhängt, im häuslichen Wassergeschirr, aus Rücksicht und Liebe. Belassen wir also ebenfalls ein Jegliches in je seinem Elemente, in seiner Sphäre. – So wie ich meinen Brillenputzerschwarm! So wie Er seine Sterne und Staubbrösel, Würmchen und Mücken, Keime und Amöben oder Hefen; sie suchen sich Wohnung in ihren Wässern, Lüften, Felsen oder Moosen, in Därmen und Kot, in Kuchen oder Kelchblüten, in Fleisch oder Tempotüchern. Da gibt es kein Vertun; da waltet wogende, sich selbst nährende, verzehrende Ordnung. Das Ganze treibt der Tod an; ihn aber setzt Gott. – Oder umgekehrt? Wir Menschen jedenfalls nicht, wir sind nur Lackaffen. Und die Natur ist boshaft.

Kurzum, man wende und wäge es, wie man will, auch mir ist nun pessim und matt zu Mute, ganz verschlämmt, ganz verdumpft! Verlorene Gefechte und Sprosse (clades Ramona), der Verlust einiger Gebiete und Besitztümer (furtum) haben mich zermürbt. Mein Leib ist abgetragen, viel Haar und auch zwei Zähne sind längst mir bestattet, ermattet hängen Backe und Sack. Meine Zuversicht auf Weltgunst und Gesundung zerstob in tausendundvier Nächten. – Doch der gefräßige Sturm hat mich jetzt glücklich in die Bucht der Besinnung entlassen, mich gnädig zurück an den Schoß und Busen des Bewußtseins (mentis sinus) gebettet, und nun wird es schon wieder werden! – Es wird ja ohnehin, egal, was und wie! Aber die Liebste, die Gattin, die leidet ja auch, und ich mit ihr. Die Liebste liegt danieder; mit Angst beobachte ich eine Sorgenfalte, die sich in den Sitz ihrer kummervollen Gedanken gräbt, unterdessen mich innere wie äußere Gebresten traktieren. – Trotzdem wollen wir niemals der Hoffnung entraten; das ist abgemacht! Wir steigen dann eben in andere Gemächer unseres Hauses, denn unsere Wohnung ist dafür zu klein. Seelenfunken (scintilla animae) bewohnen ebenfalls geräumige Palais, eine Wohnung nur Mieter, und das sind wir; was uns wenig bekümmert, denn Schlösser bauen wir uns selbst. Diogenes bewohnte ein Faß wie hundert Schlösser. »Warum hundert? Wenn ich unrecht hätte, würde einer genügen!« Das war die treffliche Frage wider die Schrift: Hundert Autoren gegen Einstein, Leipzig 1931. Krüger, der mathematische Tüftler und Freund, hat eine Mutmaßung in die Welt gesetzt, die ich die Krügersche zu nennen vorschlage; deren Obliegenheit besteht darin, gerade von ungeraden Zahlen prozederal zu entmischen: Man stelle Zahlen binär dar und spiegele sie der Reihe nach, dann, so Krüger, seien gerade von ungeraden geschieden. Prüfen wir es kurz:

1 ~ 0001 | 1000 ~ 8
2 ~ 0010 | 0100 ~ 4
3 ~ 0011 | 1100 ~ 12

Hm? – Dieses Verfahren funktioniere, so Krüger, bis unendlich. Das halte ich für richtig; die Vermutung selbst bin ich dieser Probe halber geneigt zu bezweifeln. Die Widerlegung liegt mir wie Belag auf der Zunge: – Kleine Hunde sind gegenüber großen im Vorteil, denn ein kleiner sieht einen großen und meint, er sei auch groß. Der große Hund aber sieht den kleinen und denkt, er sei ebenso klein. Mit dem Spiegel aber kommt ein anderes Maß in die Welt.

Es hört nur gut, wer schweigen kann. Alles Sichtbare ist undurchsichtig und was darin sei, ein Rätsel. Nur Unsichtbares ist durchsichtig, lauter und klar – wie Luft oder feines Glas. Was aber ist mit den Spiegeln? – Durchsichtig sind sie nicht, dessenungeachtet unsichtbar. Wenn wir davorstehen, sehen wir zwei Rätsel, ein unsichtbares und ein undurchsichtiges: »Den da kenne ich nicht! Und das da begreife ich nicht!« Gonzalez veranschaulichte den Tod einmal so: »Du stehst auf, guckst in den Spiegel, und da ist keiner mehr!« – Wenn sich mein Auge im Spiegel ganz von nahe selbst betrachtet, dann spiegelt es mir noch ein winziges, vorgewölbtes Bild von mir, das dem runden Selbstportrait des Parmigianino ähnelt. Da ergründe ich mich im konvexen Spiegelbild meines Auges, das selbst nur ein Spiegelbild ist und rätselhaft wie fremd. Ich schaue es traurig, es mich kalt an. Einmal, als ich in Zürich aus einem unteren Fenster auf eine Schnellstraße sah, da sah ich mich, ohne mich zu sehen, genauso. Unversehens dröhnte da von rechts nach links ein spannenweiter Lastkraftwagen vorüber, und es stand die ganze Flanke hin von links nach rechts auf seiner Plane: »Lauschi's Agrarproduktefachspezialitäten«; möglich auch, daß Frisch- oder Fischspezialitäten annonciert waren. So schnell flog der Truck vorüber, und so lang mußte er sein, mein Auge zu verdrehen. Was, wenn er von links nach rechts herbeigeeilt und ebenso von links nach rechts beschriftet gewesen wäre? – Läse man dann beim Vorbeiflug des Wagens den Aufdruck rückwärts: »netätilaizepshcafetkudorprargA s'ihcsuaL«? Nein, unmöglich! Eher noch fingen sich Kopf und Augen in Leserichtung Anfangsstücke ein, das »Lauschi's« und vielleicht ein Fragment »Agrarprodukt« noch, indem und soweit sie, speziell die Augen, den Wagen von links nach rechts zu überholen vermocht hätten. – Langpapprollentragende Kreative auf Rolltreppen aber, Tomatensaft, Warten und gedehnte Rastlosigkeit, die machen den Flugverkehr aus, der doch abzukürzen und zu beschleunigen heischt. Der zyklopische, der homerisch vulkanische Menschschlag allerdings, der zöge, wenn es ihn noch gäbe, Luxusdampfer vor und untätowierte Mätressen, die nach langer Zeit wieder vorrätig sein sollen. Daß dessenungeachtet im September eine »Biker-Pastorin« beim Motorradunfall ums Leben gekommen sei, darauf wies mich eben erst Gonzalez hin. Und gleich ging mich Kappel scharf an, wann ich denn jemals den Fernseher einschalte, da ich immerfort nur davon angäbe, daß ich ihn ausschalte!

Das Zürcher Hotel Kindli ist ein gut währschaft Haus! Es brummten die Hohltöpfe; es kochten die Kohlköpfe (tête de chou; testa di cavolo); es briet das Geschnetzelte. Dort hatte ich sie zuerst erspäht und bestaunt. Danach mühte ich mich, sie ihm, dem Freunde Gärtner, abzuluchsen, indem ich ihn in der Rheinfelder Bierhalle satt fütterte, frei hielt und mürbe sott. Da endlich räumte er seine Habseligkeiten in einen Plastiksack um und übergab sie mir! Solch eine vornehme Reisetasche vermochte heute keiner mehr zu täschnern! Nun war sie mein! – Doch dann reute es den Gärtner kurz und er befahl, sie keinesfalls zu fetten, sondern sorgsam zu mißbrauchen! Als ich's versprach, ließ er sie endgültig los. Seit 1834 stellt die Zürcher Kaufmännische Lesegesellschaft eine reiche Bibliothek frei und führt ungezählte Zeitschriften; hier im Lesesaal studierten Gentlemen in Fauteuils die Neue Zürcher und wir, der Gärtner und ich, geruhten daselbst ein Nickerchen zu halten. Dann sprachen wir beim Quästor vor, der hier zu den quaestores consulis zählt. Vor uns dozierten und lasen hier schon Gottfried Keller, Thomas Mann, Ricarda Huch und Lenin. Gärtner indes übte sich vor beachtlichem Auditorium in feinster Bildhermeneutik, meine Wandsafeabdeckung betreffend (cf. Mischwald, S. 95). Als eine etwas dubiose Dame uns guten Cognac zuhauchte, wurde die Kronenhalle für nachher obligat. Im Großmünster bewunderte ich die Fenster Polkes und gedachte Peter Nolls und legte der Emi und ihretwegen etliche Fürbitten ein. »Komm lieber Gott und bange, mit mir in aller Ruh! Ach, wollt' ich doch und könnte, so wollt' ich lieber doch nicht, denn das steht mir nicht zu!« – Wechselhaft, das ist heute so und morgen so. Beharrlich, das ist: heute so, und morgen so. Lachen hört man weiter als Weinen. Es barmt mich, daß die Evangelischen, denen ich noch zurechne, immer ganz fügsam den törichten Böen der je hinfälligen Zeit schmeicheln; wie Flaggen gehorchen sie Winden. Gegenwärtig wollen sie mir wie die Untergliederung einer sozialistischen Biopartei vorkommen. Soll uns das etwa Römer 13, Zürcher Ausgabe, auslegen? – O, Gott! Von Luther und zwei Reichen mögen die Meinen wenig mehr wissen: »Die Welt kann und vermag der notwendigen Gewalt nicht entraten.« – Himmel! Wenn doch einer nur – am besten natürlich der Papst! – den Schneid besäße, uns den Liedschatz des Protestantismus, die Kultlust der Orthodoxen und die beherzte Dingfreude Luthers ins Katholische hinüberzuhieven, dann wäre ich längst schon ein tauffrischer Katechumene im lichten Prospekt um Rom.

Mit ernster Lieblichkeit soll der alte Kant einmal eine verunglückte Schwalbe in den Händen behütet und ihr ins Auge geschaut haben; dabei sei ihm gewesen, als schaute er in den Himmel. – Gibt es eine Erbschuld der Tiere, daß sie leiden und sterben müssen? Muß denn nun hier, da Gott tot, ausgerechnet Adolf Hitler auf den vakanten Posten der Erbsünde gerückt werden? Wenn wir keine Gnade finden, sind wir verdammt auf ewig. Ein Stilleben, auf das »Bin gleich wieder da!« gemalt war, hängte ich draußen an die Tür, als ich einmal ein Büro besaß. Manchmal auch eins, auf dem das Foto einer verlassenen Herrenhose zu sehen war, worunter zu lesen stand: »Der Künstler ist abwesend!« Das Bild mochte möglicher Kundschaft treulich kundtun, daß es, das Bild – nicht ich! – gleich wieder da und also hier sei, obgleich es ja bereits da war. »Bin gleich wieder da!« ist im Kern eine diffuse Drohung. »Bin gleich wieder hier!« aber muß als Ehrenwort auf Kern und Schale gelesen werden. Um das Warten komfortabel zu machen, baute ich noch einen Griff an und wuchtete an der Verkündigung noch gelegentlich um und rum. – Können Verkündigungsgemälde und Abwesenheitsverkündigungen verbessert werden? Wenn man's wüßte!? Dann vielleicht. Als Kinder hatten wir ein Murmelgeld erfunden, das materialgedeckt war, obzwar nicht mit Gold oder Silber. Bemalte Murmeln aus gebranntem Ton stellten den geringsten Wert dar. Dann gab es die begehrenswerteren Glaskugeln, die wir Bucker nannten. Hierüber waren die hochgeschätzten Stahler gesetzt; das waren wertvolle Stahlkugeln aus gewaltigen Kugellagern. Ihr Wert bemaß sich, wie bei allen andern, nach der Größe. Ein Stahler mit sieben Zentimetern Durchmesser galt als das Höchste. Kinder bedürfen eines Taschengeldes und Unterhaltes. Wenn unreife Erwachsene, speziell erfolglose Künstler, Heilkundestudenten und Automatenspieler ein staatliches Auskommen ersehnen, will das plausibel scheinen. Unfähig, sich selbst zu versorgen, sind sie solch eines Zustupfs bedürftig. Von den Ablässen anderer zu leben bekümmert ohnehin keinen. Sündenablaß und Zauberwort in eins ist »sozial« in allen Fügungen. Der Mündigkeit widerstreben weitwachsende Kreise; um des Geldes und der Sicherheit willen, sind Bürger erbötig, den Stand eines Leibeigenen oder Haustieres anzunehmen. »Du redest viel vom Geld; also bist du reich!« fuhr mich Kappel jüngst an. »Gar nicht! Nein!« – »Dann bist du arm.« – »Sagen wir so, Kappel: Wohlhabenheit würde uns einsilbig gemacht haben, unsere Geldnot aber schärft uns die Sinne!«

Sie reden die Luft schwer, damit es die Steine leichter haben. Doch selbst die Fabelfrösche flehen, unsere Schachtelkröten mögen doch bitte »niemals Ungleiches gleich machen!« Im Gebirge brechen Birkhuhn und Gams den Maßstab der Vergleichung über die Verähnlichung aller Welt und widerraten jeder Verflachung. Doch vor dem Gesetz, ja, da gelte sie, die Gleichheit! Mir sagte mal einer vom Dorf, der einiges wußte: »Wenn man einem heimatlosen, armen Hund Freundlichkeit bezeigt, ihm Heimstatt und Nahrung schenkt, dann beißt er einen nicht. Mit Menschen ist das anders!« Wir hegen die Vermutung, daß Wohlfahrt den Menschen nicht glückselig und milde macht. Dauersegen läßt sich nur ertragen, indem der Mensch gallig wird; oder dumpf, lethargisch. Aus Flegeljahren werden Jahrzehnte, ein ganzes, verbiestertes Flegelleben lang. Oder der Halbwüchsige fügt sich – und bleibt ein Greis von Anfang an. – Wir schätzen, daß einst einer von hundert zum ersten, adeligen Stand gehörte; die anderen verteilten sich auf die übrigen und waren bestimmt, den ersten zu nähren. Nun sieht sich ein Teil des Staatsvolks (dēmos) genötigt, den anderen zu speisen. Zu den nassauernden Kostgängern müssen wir leider auch die Bürokraten und Funktionäre der Wohlfahrt zählen, deren Berufung es ist, um ihrer Selbstsorge willen für andere zu sorgen, ihre Wirte in Fron zu halten und sie zu entsetzen aus ihrer ursprünglichen Selbstsorge. Wer modern fürsorgt, sorgt immer auch gut für sich selbst. Desungeachtet, der Gemeinschaftssinn und die Mildtätigkeit müssen uns wie Kostbarkeiten anmuten! Wie Hochherzigkeit und Karitas und wie knappes Gut! – Darauf Petschaft und Sozialamtssiegel! Die Deutschen, das wußte Nietzsche stark zu beschimpfen, schwitzen übermäßig Querulanten, Zeloten und Ketzerriecher aus. Als Leuchten fallen solche nie auf. Sie lieben dunkle Ecken. Sie leben wie Fangfossile in Verstecken und Abgründen: Sie schießen heraus, verbeißen ihr lähmendes Gift und schnellen zurück, wie Zitterrochen, voll lauernder Lust, je nach zuckender Laune. So geht es tief her, in unseren Eismeeren! – Europa wird abermals in Gehässigkeit verglimmen. Eine Freundin aus Wien verriet mir: »Weil uns die Obrigkeit untersagt, Ausländer auch nur zu schelten, müssen wir uns damit begnügen, die Deutschen zu hassen!« Woanders hält man es ähnlich. – Mich und meine Tadelglut kühlte der Wind auf dem Balkon. Ich bin abhängig, denn mich wird jemand anders beisetzen müssen. – Eine gediegene Bedürfnislosigkeit ist letztlich und eigentlich zufriedenstellender als die gierige Erfüllung aller Begierden.

Sagst du mal deinen Satz bitte, Opa?!« – »Welchen denn?« – »Na, deinen Satz eben!« – »Du meinst: Am Arsch ist duster, das leuchtet ein!?« – »Danke, ja.« So pinselten wir unseren Ahnen früher den Bauch und das Erinnerungsvermögen. Meine Depression ist schlesische Anlage, suebisches Vermächtnis; ich versuche sie zart zu stimmen und mit gewöhnlichen Freudlosigkeiten zu füttern. Da kann es sein, daß sie erst übermütig und dann noch hungriger oder gar böse wird. – Was soll man machen? Flos apostolorum, sanctissime Jacobe iuva! Eisern ersuche ich Jacobus, mir allewege beizustehen! Seines Beistands bedarf ich auf Reisen, die mich immer verdrießen. Am Ort und im Leib erlebe ich mehr als genug; weiterer Abenteuer bedarf ich nicht! Reisen bestrebe ich zu meiden, so gut es eben geht. Hierzu suche ich, wenn Ausfahrten anstehen, eine angeborene Feigheit vor schlechten Lagen und einen stets dräuenden Graus und

Grundmulm in mir auf jede nur erdenkliche Weise zu steigern. Ich mühe mich, was nur geht, ungünstig einzurichten, zu hintertreiben, zu verhindern. Ängste und Mulmigkeiten sind mir hierbei die gefälligste Aussteuer, einen humanen Blödsinn zu hemmen. Die fatalen Garstigkeiten der weiten Welt mit all ihren stupenden Ausschmückungen deute ich hierbei als Entgegenkommen, und dergestalt schlagen sie auch in ein Geschenk an die Gattung um, das von ihr nur endlich einmal erfaßt werden müßte! Was haben wir in Venedig zu suchen? Wollen wir diese ohnehin beschädigte Stadt uns zum Schaden überdies schädigen? Italien besucht zu haben, wozu man mich einst preßte, gebar nichts als Narben des Frevels an ihm und mir. Meine wenigen, belanglosen Erlebnisse auf solchen Gramreisen reichen hin, die Menschheit und mich zu beschämen. Unterdes mein Zug anderen Spitzbuben zurollte, fragte ich sprachlos: »Warum mußte mir ein Menschenbruder (fratello) am Zugfenster ein Vermögen (lira) ableiern im Tausch gegen einen belegten Pantoffel (ciabatta)?« All den in Züge und Flugzeuge Gepferchten und den in je dumpfen Tavernen fliegenumtost Verzagenden sei es wie Labsal gesagt: »In einem Zimmer sitzen, das man durch Reisebeschreibungen groß und weit machen kann, oder allein im Kopfe reisen ist desto angenehmer, da weder Staub, Zeitraub noch Unbill und Zoll und Visitationswesen den Reisenden inkommodieren!« Die überlaufenen Heiligtümer beehre ich, indem ich sie nicht besuche. Bringen wir solchen Orten Opfer dar – durch Meiden, durch Schonung!

Basel ist ein fester, Basel ist ein glücklicher Ort, bewohnt von friedseligen Menschen, und deren Haus ist wohl bestellt. Dort aber wohnte ich dem Weltuntergang bei! An einem schönen Nachmittag lief ich durch die Stadt, am Münster vorbei, in frischer, warmer Luft, bei wenig Wolken, hinauf zur Buchhandlung Nasobem. Unterdes die Sonne im Westen schmolz, trat östlich schon der leuchtende Vollmond auf und hob sich ins heitere, doppelt lichte Firmament. Inzwischen war ich in der Buchhandlung eingetroffen, wo ich mich mit Madame Burckhardt, Witwe des Lucius, besprach – über Basel, Mohler, Fleig und alle anderen Burckhardts aus dem »Basler Daig«. Sie zeigte sich betört, daß einer davon wußte. Wer kennt noch Fleig, den Verfemten? Noll, den Tapferen? Unterdes prasselte mit eins Hagel auf Basel herab. Wir achteten erst nicht darauf. Dabei wurde es plötzlich dunkel! Dann quollen dumpfblutige Nebel aus dem Rhein die Gassen hinauf, daß wir erschraken. Sonnenscheibe und Mondkreis erstickten rußgelb in übelriechenden Schwaden. Wir starrten hinaus durchs Schaufenster und würgten schon nach Luft. Trüber Dunst erwärmte sich rasch, und draußen wie drinnen schlug uns Schwüle in die erstarrten Gesichter. Verzagte Fußgänger glichen schwefelfahlen Spukgestalten und suchten sich tastend in Häuser zu flüchten. Autolichter glotzten erstarrt in die Straßen. Dann fielen plötzlich scharenweise tote Tauben aus schwarzgrauem Brodem, worin verborgene Blitze zuckten. Jetzt fiel auch das Licht aus. Ich tastete um Halt. Irgendwer zündete ein Licht, dann eine Kerze. Wir blieben bei alledem seltsam ruhig und unbeteiligt. Als einer beiläufig scherzte »Helios und Isis haben uns verlassen!«, da trieb jähe Kälte unter Türen und durch Ritzen in den Raum; ein Eishauch quoll von hinten, wo es eben noch ganz drückend schwül gewesen. Dann stand auf eins der Wind wieder still. Trüber Tau tropfte von der Decke und machte alles klamm, näßte Bücher, Kleidung und Möbel. Von Baselland herunter brüllte ganz wehlich das Vieh in seiner grausen Angst ihre Bauern um Hilfe. – War das jetzt Gottes schreckliches Droh- und Scheltwort? Unserer Säumnisse wegen, die ich aufzuzählen mir versage, denn mit entsetzlichem Zischen schrumpften gewisse Bücher – darunter auch meine! – flammsprühend zusammen wie Wolle im Feuer, wie Kalk im Wasser – wie zur Warnung an uns! Gegen sechs Uhr abends dann zog tiefe, sternklare Nacht auf, und eine gedämpfte Ruhe hielt sich bis zum neuen Tag, einem Freitag.

Da floh ich sogleich Basel. Nicht Bern, sondern Basel hatte rauhe Gassen und ein wüstes, wildes Land! Gleich schlug ich die Tür zu und zog rasch davon. Ich rollte fügsamer dahin. Eine Geste, ein Blick und Widerblick: Der Schaffner schaute mich an, als hätte ich keine Fahrkarte, und ich ihn, als hätte ich eine. Da winkte er ab und ging. – »Was geschähe mit dem ersten abgehenden Zuge, wenn die Autorität der Bahnangestellten über die Herren Reisenden abgeschafft würde?« fragt Engels in seiner Schrift Über die Autorität, wider die Anarchie zielend, und ich frage mich das gelegentlich auch. Hin geht die Zeit, her geht der Schaffner und Schnitter. Meine Altersvorsorge? – Irgendein Gottesacker. Maßhaltung und Sparsamkeit spenden mir Reichtum und Überfluß. Schlichtheit gewährt mir einen vornehmen Lebenszuschnitt. Ich versuche einfach zu leben, damit ich nicht zu viel Zergliederung umfasse und splittern oder platzen könnte. Dieweil ich ein bescheidener Amtmann und Schriftsetzer vor Gott dem Herrn in dessen Reiche auf Erden bin, mögen mir alle diejenigen zu verzeihen geruhen, denen nicht gegeben ist, die Geheimnisse jenes mir vertrauten Landes zu kennen. Dort hinzufinden, vermag nicht jeder. Die zu Lebzeiten himmelsfern blieben, treiben jene unebenen und liebesspröden Schläge und Schatten aus, die sich in Seelendüsternis zerreißen und noch mehr saufen als Horaz, Grabbe und ich zusammen! Uns freilich verzückt und läutert der Trunk! Wie Wonneschauer reißt es uns hinauf, wenn wir ihm aus Tassen opfern! Die trüben mögen nur drunten bleiben! Goethe, der sich auf steilste Gipfel zu zechen verstand, wußte ebenfalls Bescheid: »Gott, wenn wir hoch stehen, ist alles; stehen wir niedrig, so ist er ein Supplement unserer Armseligkeit.« – So umsäumen mich neben Gottesfurcht drei, nein, vier Ranken in Gestalt schlichter Auszeichnungen, nebst Zierrat und Kordeln, als da sind: Abiturium, Magister artium, Diplom rer. nat. und Freischwimmer. In den Flechtkranz meines Lorbeers sind überdies eine Ehren- und zwei Siegerurkunden im Dreikampf bei den Bundesjugendspielen eingewoben, die Abzeichen hierzu ewig schade verschollen! Mein Haupt aber umranken vier Nardenkränze: Sprengel-, BenWitter-, Bundesliteraturhäuser- und der Kasselkomikpreis. Das Geld hierfür ist verzehrt. Darüber ziert mich noch ein undotiertes Krönchen: der Märzlorbeer. Nein! Efeu ist's. – Was soll's? Derzeit wird noch jedem Abitur und Bescheinigung über sechzigprozentige Schwerbehinderung verliehen. Doch ich will mich nicht beklagen, sonst möchte man uns noch das Heil kassieren!

Hopfenkränze verleihe ich mir ganz lautlos, wenn ich über mich selbst erstaune. Biedersinn ist mir teils eingegossen, teils eingeblasen. Daher wollen wir Gutding dran Freude haben, daß meine Mutter außer vom Vater obendrein noch von der Luft befruchtet und eingesät wurde mit mir. Den Himmeln und Sternen bezeigen wir lebenslang kindliche Dankbarkeit! Dereinst aber schleudere man meinen Leichnam luftwärts und gebe ihn zurück in die Luftbestattung! Oder man stopfe ihn schnöde mit ins Hockergrab zu den Eltern. Eine Salutsalve zur Erdbestattung ganz woanders wäre mir freilich das Erwünschtere; so würden die Luft und des Vaters wie der Mutter Asch- und Erdlege aufs neue vereint und zufriedengestellt in einer geräumigen Gruft, worin noch Gespons und Sprosse mit hineinzunehmen ich auf Traumgeheiß bestimmt bin. Auch die See sinnt darauf, mich hinabzulocken; aber darin, befinde ich, mögen vordringlich Fische begattet und bestattet werden. Zudem käme wieder das verabscheute Feuer ins Spiel, da die See unserer Zonen legal nur Aschen aufnehmen darf. Zu Wasser braten aber oder frieren will ich keinesfalls! Eine Mutter hat ein zartes und ein gewaltiges Herz. – Meine, die ein sanftes und ein übergroßes hatte, kam mir am Ende wie jemand vor, den ich gezeugt und geboren hatte. In den Digesten des Corpus iuris wird klargestellt, daß das Wort: jemand sowohl männliche als auch weibliche Personen umfaßt, verbum hoc quis tam masculos quam feminas complecitur. – Also, bitte! Vielleicht ist die Demontage des Humboldtschen Bildungsgebäudes neben der verspäteten Rettung der griechischen Antike die letzte Tilgung deutscher Schuld? – Nollen (futuere) oder die Bewegung der fututio woran machen, das ist: rammeln. Nülle sagt die Oberlausitz, wenn sie Penis meint. Penisglöckchen kennt hierzulande keiner mehr. Soviel vorweg. Denn jüngst havarierte ich, auf der Suche nach dem Begriff Verflusen vom glückseligsten Irrsinn als auch Irrtum geführt, an einigen Wortfelsen im ohnehin irren Netz-Ozean, die, so schroff wie bizarr, jedem zeitgenössischen Lyrikband zur Ehre gereichten: »Meine Nülle pfühlt!« grämte sich da jemand öffentlich, und ein anderer ratschlug: »Dann mußt du die Hinterwinsche durch Verflusen der Querschmacken seitlich gegen die Übernocke stoßen lassen!« – Und so ging es noch weiter!

Soweit und großartig. Der mich führende Irrsinn ist vorangehend sinnfällig geworden. Mein mich ebenfalls führender Irrtum noch nicht – also: Ich hatte ja nur aus Versehen nach Verflusen gekundschaftet, weil ich das Verflusen erst unachtsam mit dem Verspröden verwechselt hatte. Näheres wollte ich über das Verspröden wissen, nicht über das Verflusen. Das morsche Wort Verspröden hatte ich aus einem Absatz gepflückt, der sich mit einer beispiellosen Neuerung im Gewürzsektor befaßte. An der Universität Hohenheim nämlich hat man ein Verfahren ausreifen lassen, das uns den ganzen Fächer der Gewürze künftig verbessert und nicht mehr versprödet, sondern verdickflüssigt in Tuben darbieten wird! – Verspröden meint: die Rauhmachung, das Zerreiben und das Zerriebene (friare, asperarsi). – So auch der Mensch! Alle Tage wankt er per asperarsi und über stete Umwege auf ein oder mehrere Astra oder Andechser zu.

Beide sind sie unentbehrlich und gefährlich, und wenn ich meine gestrigen Rechnungen betrachte, haben wir weder Grund, Hoffnung noch Zweifel hierin annehmen zu dürfen! Ich fragte meine Brüder aus der Quelle: »Was wollt ihr eigentlich?« – »Anonyme Bestattung!« – »Hatten wir schon. Was noch?« – »Kürzere Arbeitszeit. Keine Schmerzen!« Gonzalez wünschte: »Ungebundenheit.« Kappel: »Schöne Reisen.« Ein Gast namens Renate: »Gemütlichkeit!« – »Diese Wünsche«, mahnte ich, »oder Forderungen, die setzen einen Wohlstand voraus, der sich stets dem gängigen Fleiß verdankt und einer Gesittung, die zum einen den Unterschied billigt, dann die Arbeit nicht scheut und die Freizeit nicht zur Tagdieberei herabwürdigt. Komfort darf nicht verwöhnen, Renate! Denn wir müssen wider die Gefährdungen des Lebens gerüstet bleiben und oft den Schmerz und gewiß den Tod erdulden. Hierzu binde man sich nur ja klug an die Welt und Familie! Und hütet euch, den Erzvertrag zu brechen zwischen Toten, Lebenden und Ungeborenen! Je höher ihr die Ansprüche baut, um so wilder zersetzt ihr deren Fundamente.« – Da brummelten die Bierbänke untereinander in Gärung, bis Gonzalez anhub und die Sache so sah: »Die Wirklichkeit tröstet nicht und ist nicht tugendhaft; verstehen läßt sie sich kaum, beherrschen auch nicht so richtig, aber wir können hier und heute vorerst eine Molle bestellen!« – Diesen Wunsch gewährten uns Wirt, Wirtschaft und Wirklichkeit.

Den Unpünktlichen sehe ich zehn Minuten nach, dann haue ich ab! Säumige entschulde ich einmal, dann werden sie nie wieder bedient. Da hievt dann, wenn's gutgeht, eins das andere ins Gelingen: der Törichte den Säumseligen und der Unleidige den Verspäteten. Ich frage mich, ob sich die Abschaffung der Folter und der Todesstrafen, die Abscheu vor der Tötung von Tieren und der um sich greifende Vegetarismus, ob sich diese Tendenz einer fortschreitenden Sittlichkeit Europas verdankt? – Oder nicht doch nur den empfindlichen Nerven seiner Satten und Ängstlichen? Inwieweit unsere Albernheiten eine Rolle spielen, bleibt mir auch schleierhaft. – Ich hatte einmal, als wir noch albern waren, Alpenlandschaftsfotos auf geräumige Hemden drucken lassen, und war einst, so wollte es das Fatum, bemerkenswert vielen dicken Herren in Freundschaft verbunden. Wir trafen uns gelegentlich zu Gesprächsrunden und tranken gediegen und achtbar Bier. Meine dicken Freunde wollten mir den Freundschaftsdienst tun und bei der öffentlichen Aufführung von Fotos auf Hemden im Querformat mitwirken. »Hört zu, Kinners!« setzte ich sie ins Bild: »Ich halte einen Bildervortrag, und ihr zieht auf Kommando bestimmte Querformate über. Ich sage: Alpenglühen überm Sorgschroffen! und dann ziehst du, Plummy, den Sorgschroffen über und zeigst ihn. Klar?« – »Geht in Ordnung! Ich bin der Sorgschroffen!« Es handelte sich bei den drei Gehilfen für die Querformate um den Galeristen Jes Petersen (†), um den Geologen und Pharmavertreter Andreas Dittmann (†) und um den vormaligen Pastor und theologischen Antiquar Bernd Plummy Gärtner. Ein mir bekannter zwei Meter großer, schmaler Mensch, der Krankenpfleger und Deutschstudent Niemann, versprach, als vierter Mann die Hochformate vorzuführen: »Alles klar! Ich bin der schiefe Turm von Volprihausen.« – »Prima!« Als Ersatzmann gewann ich den Oberpfälzer Reklamemann und Sulzbacher Waldläufer Hans Forster (†), ein sowohl großer als auch kräftiger Mann, tauglich für Hoch- wie Querformate. Dann standen wir jäh beleuchtet auf einer Bühne herum. Die Spielkameraden wühlten sich Hemden über den Kopf; ich sprach unterdes über die Alpen, über die hermeneutische Bildschau, die optische Mitgift und über die gut ausgebildete Brauchbarkeit der Bildbeschreibung (ekphrasis). Der Laden, in dem das stattfand, anverwandte sich der tiefen Nacht und den späten Künsten. »Das ist wie Onkel und Dantes Inferno hier!« ließ ich mich vernehmen. – Und so war es auch!

»Römer!« – Im Liegen zu fressen war der Anfang eurer Verderbnis. Über dem Aliter lenticulam, der gebeizten Linsensuppe mit aasiger Soße (garum), kreisen auch heutzutage noch rasch bettnässende Gärfliegen. Phlegma zieht Schmeiß. Die sitzende Aufsicht über Speisen und Trank ist untadelig und hält bei Sinnen. Was in Europa lange reifte, hätte sorgsamer geschont werden sollen. Wenn es denn einmal den chinesischen Welt- und Kulturimperialismus geben wird, dann werden sich die westlichen Verächter des Westens, die weder den russischen noch auch den arabischen je aushielten, den amerikanischen zurückwinseln. Bedauerlich ist Amerika so vernarrt in seine Mission, daß es sich stets falsche Freunde und Feinde sucht und macht. Das Geltenlassen von schlechthin allem ist keine Achtung verschiedener Gepräge und Lüste, sondern Rechtsbeugung, Preisgabe und Siechtum; das unnachgiebige Gegenstück wiederum nur widerlich. Geduldeter Drall will endlich Alles! – sogar auch unduldsam sein! In der Quelle lachen wir uns tot, wenn sich Homophile und Zölibat befehden. Die moderne Sexualität (sex) hat sich aufgeteilt in einen vergnüglichen und einen medizinisch-technischen Vorgang. Beide treiben ungebunden ins Obszöne ab. Der Mensch sei ach so verletzbar? Du liebes bißchen! Seine Verhetzbarkeit, die ängstigt mich. – Am Fragment und Kuhtor der Rostokker Stadtmauer führte ein achtspuriger Rennsteig jede Genesung rasch in den Rückfall. Man gebe dem Bürstenbinder, was des Bürstenbinders ist! Einst hießen die Buttermarken Anken und die Butterstullen Ankenbräute. Mit Vicke Schorlers »Wahrhaftiger Abcontrafactur der hochloblichen See- und Hensestadt Rostock« hatte das alles hier nichts mehr gemein. So flüchteten wir an die See, aßen Fisch und atmeten auf. Über die Nacht schlüpften wir in ein heimeliges Zimmer und lauschten der Ruhe, die an Küsten der Wind trägt. Darin wiegte ich meine anstellige bosnische Thronsassin in den Schlaf. Bußfertig und barfüßig stakten wir früh in die eisigen, schlaffen Wellen hinaus. Ich schöpfte Gäspen voll Quallen den Kindern zur Freude, die sie mit Federballschlägern zurück in die Wogen schwangen. Oder sie spießten die Quallen mit Stöcken auf und schleuderten sie jauchzend ins Land hinein. Dort landeten sie im Sand der Dünen und trockneten aus, wenn keiner sich erbarmte, sie ins Meer zurückzutragen. – Nun, einmal wenigstens bist du geflogen, kleine Qualle! wie ein Vogel, wie ein Geschoß! So, wie wir uns dereinst den Leichnam leicht im Wasser wiegend wünschen, warst du Luftleiche und bist einbalsamiert in Sandsalz.

Kielschwein und Mastfisch bergen die Geheimnisse der normannischen Seefahrt. Altnorwegisch heißt der Gang an Bord zum Stuhl: »ganga til borðs«. Die Seeleute setzten sich am Heck hinaus über die Reling und schissen über Bord, während sie, sich zu sichern, in die Seile und Backstagen griffen. – Nachts lag ich wach bei Vollmond. Das Gestirn rollte ruhig durch Wipfel und Wolken nach Westen hin. Dabei war mir ganz augenblicklich ein verwegener Gedanke zur Gewißheit geronnen: Wäre Pi nach dem Komma endlich, gäbe es kein Pleuel! Dann stockte das Lineare, sich ins Zirkuläre zu verströmen. – Welch unglaubliche Konsequenzen! Nichts drehte, nichts bewegte sich mehr. – Also mußte Pi unendlich sein! Sonst bräche die Schöpfung sogleich ab, oder es gäbe sie erst gar nicht – so wenig wie diesen Gedanken, der dann ohnedies vergeblich wäre. Pi ist Fügung und göttlicher Plan. Li Bo aber schenkte den

Nachtgedanken ein Gedicht, wenn nicht gar sie ihm eins. – Oder schenkten Nachtgedanken dem Gedicht den Li Bo? Fünf chinesische Schriftzeichen Li Bos sagen in vier Zeilen verdeutscht so:

Bett – vor – hell – Mond – Strahl
zweifeln – ist – Erde – auf – Frost
heben – Kopf – blicken – hell – Mond
senken – Kopf – denken – alt – Heimat

Ewig mühte ich mich, die Zeilen mit Hilfe der meisterhaften Chinesen Grube, Bethge, Hausmann, Ziethen, von Zach und Eich zu übertragen; am Ende stand es bei mir dann so da:

Vorm Bett das weiße Mondlicht,
Ich vermeinte, es sei Reif.
Gehobenen Hauptes schaue ich den Mond,
Gesenkten sinne ich voll Heimweh.

Wie auch immer ich verknappte, das Maß: die Fünf je Zeile, das wollte mir und auch den genannten nie gelingen. Dann hörte ich wieder dem Regen zu und von ferne dem Meer: Der Himmel wohnt über Ländern, wo es üppig regnet und schneit, wo alles gedeiht und blüht und des Winters schläft es und erquickt sich. Böse Gewalten sengen beständig zerklüftetes Land und zermalmen Gebirge zu Wüste und Garst.

Meine Bosnierin wähnt, Nachfahre sächsischer Bergleute zu sein – damals die besten Europas! Sie wurden in Sachsen geworben, um in Bosnien nach Salz, Kohle und Edelstein zu graben. – Das erklärt einiges! All diese Minerale sind ihren Gluten und Tiefs, ihren Launen und Lagen, je nach dem, beigemischt. Der Sachse gilt als gemütlich und arglos, als leidensfähig und humorvoll. Der Sachse mag kein Sushi und keinen Hering im Gallert! Wenn Sachsen Sauerbraten mit Klößen bestellen und der Ober bringt Forelle blau, dann sagen sie sich hochherzig: »Gomm! Mach' mor geen Offschdand un wärchn das Zeich nund'r!« – Was man liest, ist doch beinahe egal; der Gewiegte zieht aus allem Gewinn! Einerlei, ob es Zeitungen sind oder Predigten, Horoskope oder Kleists Schlachtenstücke. In einem Supermarkt in Glauchau im Landkreis Zwickau wurde ein Mann ertappt, der sich Pfand zu erschleichen suchte, indem er zunächst neunzehn Flaschen Selterwasser in eine Tiefkühltruhe ausgoß und sich dann anstellte, das Leergut gegen Pfandgeld einzulösen. Die Heerpredigt Luthers Wider die Türcken von 1542 ist nichtsdestoweniger eine wider die Deutschen und geht sie harsch an, denn er kennt sie gut: »Die vollen Sew [Säue]. / So sollen sie wol / jrer weise nach / sich widerumb nider setzen / und mit gutem mut in aller sicherheit / zechen und wolleben / Und mit aller undanckbarkeit vergessen und dencken / Da! / der Türck ist nu weg / und geflohen / Was wöllen wir viel sorgen?« – Der bequeme Hang zum Verzicht und zur Unterwerfung verdankt sich menschlicher Nahsicht und Harmoniesucht. Erhalt uns, Herr, bei deinem Wort! In Kolkraben soll man keine Kohlrabis vermuten. »Versäume nicht, dein Schäfchen für die Schurzeit dir zu kirren!« – Kirren, das heißt weidmännisch: anlocken und erlegen. Und wer kirrt hier? Kleist kirrt. »Es lebe das Posthorn!« frohlockt Kierkegaard: »Und gepriesen sei es!« – »Cis, e, aaaaa!« so kündet der Schweizer Postbus mit Rossinis Dreiklang sein Kommen seit alters her. Möge das ja keiner abschaffen!

Zu meiner Kindzeit schoben die Mütter die Kinderwägen so, daß sie dem Kind ins Gesicht schauen konnten; so vermochten beide ihre Wonne und deren Befindlichkeiten im Blick zu behalten. Selbst schoben wir unsere Gören auch noch auf diese Weise. Heute sehe ich die Schnoppels umgedreht sitzen; sie schauen wie Autofahrer in die Welt! – sich auf die rasenden Einsamkeiten der Zukunft einstellend? Und vielleicht ist es gut so, denn die Welt ist kein ewiger Kindergarten, sondern Raubtiergehege! Hinterdrein traben telefonierende Mütter durch noch andere Welten; man wähnt sie beichten und säkular vorbeten, dabei seichen sie fernmündlich Banalitäten. Die größeren Kinder wiederum zeigen sich ihre leibhaftigen Händis sowie deren Wunder. – Weil es einem Manne, der in der Öffentlichkeit lautstark Selbstgespräche führte, ohne dies selbst zu bemerken, nicht gelingen wollte, seinen auffälligen Makel abzustellen, vertraute er sich Therapeuten an – psychopompoi also, welche »Seelengeleiter unterweltwärts« seien, so Kappel. Die wandten viel Zeit auf, konnten dem Verzweifelten aber nicht helfen. Eine bosnische Aufwartefrau hatte das über Wochen mit angesehen; schließlich riet sie dem Verzagten voll Mitleid, in der Öffentlichkeit einfach ein Mobiltelefon ans Ohr zu halten und so zu tun, als ob er telefoniere. Hierdurch ward der Verzweifelte unmittelbar genesen! Sein Selbstgespräch blieb unauffällig. Sein Symptom wußte sich anerkannt, sein Herz entlastet. – Wir altern und schwinden synchron mit unseren Gewohnheiten; wir zehren aus wie sie und gleichen uns einander an. Ich meine nicht nur Gewohnheiten, sondern auch Gaststätten: Gewaschene Gardinen sorgen dort für drei Tage Fassungslosigkeit, da man selbst unrasiert einkehrte! Wenn alle Welt sich verschuldet, tut man es tunlichst auch. Das Parkett meiner Quelle ist ausgezehrt und verzweifelt, aber das muß es, und es sieht das selbst ein, und es ist dies, fürs Parkett, so Wunderbar, »ein Akt der Hinnahme und Demut und des Mitleidens!« Am Raumeck müht sich seit jeher ein Kübel Büroschwerter (Sansevieria trifasciata) um etwas Auffrischung. Wenn uns Verzweiflung oder Herzgram übermannen, uns Völlerei abzutrotzen, tauchen wir ein in die trostbergende Quelle und härmen bis hin zum stillen Weinen und Erbrechen unserer Übel. – Dann sind wir wieder rein! Mein Entschlafungsgemach freilich soll diese Quelle nicht werden! – Am besten bewahrt und schützt man sich selbst ganz selbstlos.

Wir halten viel darauf, daß wir uns so blind auf die Unmoderne Kunst verstehen. »Supi!« beschied mir heute nachmittag gegen vier eine bis eben noch ganz unbekannte Augenärztin aus strahlendem Antlitz. Mein rechtes Auge okuliert sich die Welt mit vier Dioptrien Unschärfe; mit ebenso vielen werden sie konkav korrigiert. Darum fuhr ich sie scharf an: »Frau Doktor! Ein Mensch Ihres Amtes sollte niemals Supi sagen!« – Da kicherte sie ganz unstandesgemäß, und ich sah auf die Uhr: Vier! – und Vierung (tetraktys) halten Ordnung in der Mannigfaltigkeit. Himmelsrichtungen, Elemente und Mondphasen sind vier. Kreuz und Quadrat gliedern, begrenzen und weisen auf vier. Quartale ordnen die Zeit, Quartiere den Raum. Vier Tugenden krönen: Weisheit (sophia), Tapferkeit (andreia), besonnene Mäßigung (sophrosyne) und Gerechtigkeit (dikaiosyne). Vier Zahlen addieren sich zur allesumfassenden Zehn: eins und zwei und drei und vier. Die Eigenheit der 4 ist, daß sie 2 + 2 = 4 zählt, aber auch 2 mit 2 multipliziert ergibt: 4 und überdies gilt: 22 = 4. Zehn Zählsteine bilden das gleichseitige, vollkommene Dreieck; darin rotieren um ein Gestirn (Stein) in der Mitte drei Planeten und sechs Monde. Die Konsonanzen Oktave (2:1), Quinte (3:2) und Quarte (4:3) begründen die Harmonie der immerströmenden Natur und die Sphärenharmonie der Sirenen. Gern spielt und fügt sich die Vier mit der Drei, dann wird sie zur Sieben oder Zwölf. In der Sieben vereinen sich Geist als Dreigestirn und Materie als Vierung zum Menschen. Dem Götterkollegium sind zwölf, oder besser gesagt: vier mal drei Plätze vorbehalten. Vier Flüsse fließen im Paradies aus der Vierung durch die vier großen Propheten in die vier Evangelien, und vier Abfallbehälter mit roten, gelben, grünen und blauen Hauben für Papier, Glas, Verpackungen und übrigen Müll möchten jetzt allerorten Ordnung halten. An viereckigen Tischen sitze ich vor viergliedrigen Fenstern, von Türen und Wänden vierfach beschirmt, in beständigster Einsamkeit im häuslichen Geviert. Wo versteckt sich die Gleichheit bei den Bäumen? Unter den Blättern? – Ach was! Die Stämme sind Fürsten und sollen ihre Kraft an die Zweige verschwenden. Die Zweige zeugen und halten das Blatt, alsdann füttern und melken sie es. Das eine Blättchen frißt die Motte, das andere aber wiegt sich im Sonnenschein. Die Wurzel ist für den Baum der Himmel. Die Vierung kennen Bäume nicht; sie leben in Verzweigung.

Die Steigerung des Träumerischen ist in Wahrheit ein abschüssiger Weg. Die Kunst braucht kein fader Zirkel zu sein. Ein Bekannter von mir arbeitete als Handwerker in einem Kunstmuseum, wo ich ihn einmal besuchte. Dort führte er mich abends, als sonst keiner mehr anwesend war, durch die verbotenen Bezirke des Hauses, wo Gemälde zur Restauration aufbewahrt lagen. »Guck dir diesen Pfusch an!« rief er. – Ich stutzte, und er zeigte ihn mir: »Hier! Der Kirchner, das ist ein ganz verschlagener Pfuscher!« Und dann drückte er so voller Verachtung einen Popel aufs Bild, daß mir schauderte. – Da lachte er mich aus: »Das ist klassische Moderne, das merkt kein Mensch! Und wenn schon! Dann fummeln sie das ab und protokollieren Verschmutzung mit organischem Material.« Dann bat er mich hinüber in den nächsten Saal. Dort standen wir an einem Tisch, auf dem ein Uecker lag. Und wieder fing der Bekannte an, sich aufzuregen: »Uecker! Uecker!« brüllte er. Und dann zeigte er auf eine Stelle: »Hier fehlt n' Nagel!« – »Wie?« stutzte ich. – »Mensch, da fehlt ein Nagel! Das ist doch Mist so!« – »Ja, ist da einer abgefallen?« fragte ich einfältig. »Nein, da fehlt einer! Das sieht jeder!« Und dann kramte der Bekannte in einer Schublade und suchte sich einen passenden Nagel und schlug ihn wütend in diesen Uecker hinein. »Bist du bei Sinnen?« rief ich entsetzt: »Das geht doch nicht!« Da sagte er nur »Blödsinn!« und »Quatsch!« und »Sowieso egal!« – und hatte sich nun auch merklich beruhigt. »Komm, wir gehen!« entschied er. Ich folgte ihm gern. Der Bekannte war einer von den älteren, ganz säkular und fühllos gewordenen Arbeitern in den Hallen der Modernen Kunst. – Später, beim Bier erklärte er dann dunkel, es habe sich da noch nie einer beschwert, und es sei auch immer nur gut für die Uecker gewesen, sie etwas zu straffen oder sie, die Kirchner »und so«, ein wenig zu strafen. Sie gewannen und gaben ab hierdurch. Sie gewannen abermals und gaben wieder ab. Und wieder gewannen sie und gaben nochmals. Wir aber gaben nichts! – Da gewannen sie niemals wieder und gaben auch nichts mehr ab. – »Wir ordnens. Es zerfällt. Wir ordnens wieder und zerfallen selbst.«

Götter, Kinder und Tiere kennen keine Scham. Scheler geht so weit, daß, wenn er irgend bemerkte, daß sein Hund sich schämt, er sich gewiß wäre, daß ein Mensch in ihm verborgen steckt. »Eine Hutschachtel, die immer da wäre, wenn ich sie brauche, oder gerade dann immer nicht da – auch sie würde ich geneigt sein, für einen verzauberten Menschen zu halten!« – Ich selbst kann mich glücklich schätzen, daß ich mein Leben lang keiner Hutschachteln bedurfte. – Und dabei wird es bleiben! Gleichwohl entzückte es mich nicht wenig, wenn ich unter meinen Hausgegenständen welche entdeckte, die sich schämen, die gelegentlich einschnappen oder welche, die eine sprachlose Sprache mit mir sprächen und auch sonst menschliche Regungen bezeigten. – Störrische Bleistifte wollte ich milde stimmen; sich schämende Schränke bedeckte ich mit Tüchern; zornige Lampen reizte ich noch am Schalter; verliebte Kissen umarmte ich; vergeßliche Bücher erinnerte ich daran, daß sie seit jeher heimlich Belebte waren! – oder zumindest so etwas wie ethische Abfälle. Der heilige Franziskus sprach ja nicht nur mit den Vögeln; Mond und Regen, Winde und Frösche, Vögel und Bäume waren ihm Brüder – nicht wie, sondern seine! Sonne und Schnee, Bienen und Birken, Wanzen, Fische und Blumen waren ihm Schwestern. Meer und Schnee, Berg, Luft und Wasser, die keiner Liebe, noch Hilfe, noch Umarmung bedürfen, die liebte er gleichwohl zärtlich und geschwisterlich. Und alles war ihm wie aus einem. Die Gesamtschau der Welt ist so licht, daß sie blendet. Im Kleinen, im Ausschnitt und aus überraschenden Blickwinkeln betrachtet ist sie vollkommen einleuchtend. Wer die Vielfalt fürchtet, betäubt sich am Einerlei und begreift Das Eine nicht. Zur Tilgung seiner selbst ersann sich das Universum Neutronensterne. Getilgte Elemente und Licht, Tilgicht also, fällt den Horizonten zu. – Der teilnehmende Beobachter teilt sich dort ganz in den Teilnehmer und den Beobachter. Fotografie ist, wie ein Apparat die Welt sieht: mehr Bruchstück davon als Abglanz. Sie schöpft einen Eimer Wasser und zeigt ihn und sagt: Seht, dies ist ein Fluß! Auf Fotos erschaut man ein offenes Geheimnis: Je mehr man hineinsieht, um so mehr sieht man heraus. – Andererseits: Sind wir nicht alle aus Licht gemacht und Sonnenkinder, wie die Planeten und alles, was auf ihnen da ist und wächst? Ist Alles nur kurz belichtetes Dasein? – »Ohne Blitz kein Licht, ohne Angst kein Blitz, ohne Finsternis keine Angst.«

Ich muß keiner Generation angehören! Gar nicht! – Wenn diese meinen Stil für veraltet hält, weil ich verschlafene Worte wecke, dann habe ich es geschafft. Überdies erzwingt eine entzweite Welt das Ende des Unverblümten. Gewohnheitsmensch zu sein rechne ich mir als Tugend und Lebensgeschick an. Das Leben ist mir unwichtig, aber es begeistert mich beinahe alles an ihm. Janko von Racowicza, ein walachischer Prinz, erinnerte kurz vor seinem Tode nur vage noch, daß er sich einmal im Leben duelliert hatte und den Kontrahenten dabei erschoß, gar nicht aber, wer jener war. Als man ihm anvertraute, es sei Ferdinand Lassalle gewesen, sagte Racowicza, das könne nicht sein, ein Lassalle sei ihm gänzlich unbekannt. Gerechtigkeit, das ist ein steiles Gut (bonum arduum), das leicht verdirbt durch falsche Klugheit und Mißbrauch der Macht, ein Gut, das allzu leicht an der Welteinrichtung gebricht. Die wechselseitige

Gerechtigkeit, das Geben und Nehmen, das regelt der Tausch; die zuteilende hängt von der Güte der Herrschaft ab. Keinem darf das Seine vorenthalten werden. Die Despoten der Epoche, ihre Tugendwächter und Scharfrichter leugnen mit dem Schöpfer noch zuzeiten, wenn sie es brauchen, ein dem Menschen unabdingbar Zustehendes, Unantastbares. Deshalb zwingen, strafen und töten sie keine Kreatur, sondern lästiges Fleisch, Ungeziefer, Schädlinge der Evolution – oder Revolution. So erfassen, empfinden und so sagen sie kalt: »Wo gehobelt wird, fallen Späne!« – Eine hübsch blutrote Holzverkleidung! Es ist so modern wie krank, wenn dann die Opfer beifolgend abschwören und sich zu den Schlacken fügen und sich selbst befinden wie Auswurf. Die Liquidation ist die Verflüssigung (liquidus) des Lästigen; gewöhnlich meint sie Vernichtung. Demokratie will der Gewalt entraten, doch die verbirgt sich in ihr und lauert ständig im Gefolge. Das wird den Zorn einiger Nachkommen anfachen oder sie in die Verzweiflung oder gar in den Untergang treiben, daß die Herrschenden ihr Volk verrieten zugunsten anderer. Macht, die nicht mißbraucht werden könnte, ist keine und hat keine. Aristoteles befindet das Königtum als das Beste, Tyrannis als das Schlimmste. Bejahrte Menschheit wägt wie Polybios, der die Mischung der Vorzüge pries und die Nachteile aller Staatsformen tadelte. Festigkeit erlangt, wer sich Geschmack anbildet und windfühlig bleibt. Wer Zeiten als Winde verachtet, vermag dennoch nicht, ihre Wirkmacht abzuerkennen. Windverächter und Wetterschmäher freveln und ziehen Ungewitter auf sich!

Der Mensch schüttle nur ja seine Ketten ab! so die Parole. Was, wenn er dann wie ein Wolf wütet? – Und wer würde infolgedessen dem Wemwolf des Weswolfs Werwolf? – Der Wiewolf? Zwänge, Versprechungen und Skrupel hegen Trieb und Gier ein. Künstlich werde der Mensch, natürlich bleibe der Löwenzahn! Ohne Zweifel, es gibt ungerechte Ordnungen. – Gerechte Unordnungen hingegen? Die sind nicht angängig; Gerechtigkeit kann ohne Maß und Regel nicht gedeihen. Was Gerechtigkeit sein soll, weiß keiner, aber jeder, der sie entbehrt. Was, wenn sich in der erstaunlichen Prophetie Jesu, die Sanftmütigen würden die Erde besitzen, der Kern aller Wahrheit verhüllt hielte? – Dann wäre die Weisheit weiblich gekleidet. So wähnte ich schon am Anfang des Buches. Senkrechteste Modernität (apex) klänge dann leise, wie jede unmoderne Kunst. Meine Musiken fußten anfangs auf Kammerton ä, bis mir das Leben in

Wohlklang umschlug, als ich gelernt hatte, mich mit der Welt zu vertragen. Im Musizieren steckt das Zieren und Auszieren; folglich seien ihm tunlichst auch Schrammen beizubringen, denn »Perfektion geziemt nur Einem!« so Nam als auch Wunderbar und Gonzalez als auch Kappel. – Ich halte ebenfalls dafür! Jedem Vorgang ist sein Maß eigen. Alles hat seine Frist. Frist und First seien verwandt, so Jost Trier, Wortfeldgelehrter, denn so wie der First den bewohnten Raum überdacht und begrenzt, macht es die Frist mit den Lebensbahnen. – Lebenszeltbahn überdacht Lebenszeitbahn! Alles hat seine Zeit. Das gewöhnliche Menschenleben ist anders befristet als das Dasein einer Landschaft, eines Hauses, eines Waldes, eines Weizenkorns. Sodann durchgliedern Fristen jedes Leben und Dasein. Jugend, Reife, Veränderungen, Zerfall, Nachfolgen. Manchmal muß ein Tag genutzt werden, manchmal reicht ein Jahr, eine Entscheidung zu treffen oder etwas auszukeimen. Was früh geht, kann abends zu spät sein. Geburt und Tod suchen sich einen Tag, eine besiegelte Stunde. Die Nacht und die Naht sind nahe verwandt. Publius Tacitus wunderte sich über sie, »die Germanen, denn sie zählen nicht, wie wir, die Zahl der Tage, sondern Nächte.« – Manchmal tue ich es auch. Wenn nächtens Schweiß mir austreibt, und Drängte die Stunden zählt. Dann lag ich oft schon im künstlichen Kummer. – Doch dieser Tage, da war mir alles so wohl bestellt, und auch mir selbst war so wohl! Und alles und Alles war grundgut! – »Warum eigentlich?« fragte mich Kappel.

Nun, wieder war ein Tag vollbracht! Und ich eilte geflügelten Laufes meinem Obdach zu. Schummer färbte die Welt noch vor Einbruch aller Seligkeit. Sodann floß dicke Schwärze von Osten herbei. Darin versanken jedermanns Tagwerke und Lustbarkeiten. Die Nacht bedeckte noch Jeden! – die Müden wie die Brennenden, die Erschöpften wie Schlaflosen! »In der Nacht leben wir schweigsam zusammen.« Worte erquicken wie Nachtschatten, wenn Herbert Fuchs, der Vortreffliche, sie ausspricht. – Es ging ein leichter, warmer Wind an. Die geöffneten Fenster ließen dunklen Duft ein. Mich nagten weder Frost noch Kummer an, noch plagten mich Nachtschweiß, noch Grübel, auch Herzweh und Fieber nicht. Hesiod empfahl, nackt zu säen (gymnon speirein). – Ich halte dafür, solange ich denke! Pandore, das ist unser verwunschenes Allgeschenk aus dem Faß (pitos). Ich beschnupperte es gut! Aus anderen aber trank ich mich oft in jenen Schlummer, der die Welt in ein weiches Licht stellt. – Irgendwo schlug eine Glocke an: vier Schläge mit archaischer Wucht, bis alles umher verstummte! Ich ruhte und bat um Heil und Heilung, ganz so wie der Himmel es geben mag. Duldsam durchlauschte ich die einzige, jetzige Nacht, und mir war nicht bange. Ein Bild, das mich in den Schlaf wiegen darf, ist ein Boot, in dem ich wie aufgebahrt liege. Haarlemer Öl, Narde, Mastix, Aloe und all diese erquickenden Mittel sollen, wenn man nur will, ganz mundmild wie Obst schmecken und Wunder bewirken. Auch bedecke man sein Haupt nur oft genug mit Kuhseim oder Topfen, denn Quark macht stark! – Mögen wir uns stärken, zu überleben, solange wir leben! Auf morgen aber hoffte ich Zuversicht und Frühstück zu empfangen in Gestalt eines Milchreises mit Zimtzucker und Apfelschnitzen. Beigemischt sei jeder Speise eine Prise Übermut oder Frohmut! Abends dann, entschied ich, werden Krakauer serviert, mit Kartoffelsalat; auch der ein stärkender Seim, dazu kräftiges Bier. – Nütze die Zeit, denn die Tage sind nicht so schlimm! Der Morgen umsorgt, der Abend nährt mich. – Und Euch mögen sie ebenso hüten wie uns!

edition suhrkamp
Eine Auswahl

Giorgio Agamben. Herrschaft und Herrlichkeit. Zur theologischen Genealogie von Ökonomie und Regierung. Übersetzt von Andreas Hiepko. es 2520. 360 Seiten

Louis Althusser. Für Marx. Vollständige und durchgesehene Ausgabe. Übersetzt von Werner Nitsch u.a. Herausgegeben und mit einem Nachwort von Frieder Otto Wolf. es 2600. 408 Seiten

Arjun Appadurai. Die Geographie des Zorns. es 2541. 158 Seiten

Jakob Arnoldi. Alles Geld verdampft. Finanzkrise in der Weltrisikogesellschaft. es 2590. 92 Seiten

Nanni Balestrini. Tristano. es 2579. 120 Seiten

Zygmunt Bauman. Wir Lebenskünstler. es 2594. 206 Seiten

Carla Blumenkranz u. a. (Hg.). Occupy! Die ersten Wochen in New York. edition suhrkamp digital. 94 Seiten

Friedrich von Borries, Jens-Uwe Fischer. Heimatcontainer. Deutsche Fertighäuser in Israel. es 2593. 200 Seiten

Susan Buck-Morss. Hegel und Haiti. Für eine neue Universalgeschichte. Übersetzt von Laurent Faasch-Ibrahim. es 2623. 221 Seiten

Boris Buden. Zone des Übergangs. Vom Ende des Postkommunismus. es 2601. 213 Seiten

NF 383/1/2.12

Bernd Cailloux. Der gelernte Berliner. Sieben neue Lektionen. es 2563. 251 Seiten

Colin Crouch
- Postdemokratie. Übersetzt von Nikolaus Gramm. es 2540. 159 Seiten
- Das befremdliche Überleben des Neoliberalismus. Postdemokratie II. Übersetzt von Frank Jakubzik. es-Sonderdruck. 247 Seiten

Max Dax. Dreißig Gespräche. es 2558. 330 Seiten

Gudrun Ensslin, Bernward Vesper. »Notstandsgesetze von Deiner Hand«. Briefe 1968/1969. es 2586. 289 Seiten

Heiner Flassbeck. Zehn Mythen der Krise. edition suhrkamp digital. 59 Seiten

Mark Greif
- Bluescreen. Essays. Herausgegeben und übersetzt von Kevin Vennemann. es 2629. 231 Seiten
- Hipster. Eine transatlantische Diskussion. Herausgegeben von Mark Greif u.a. es-Sonderdruck. 206 Seiten

Durs Grünbein. Die Bars von Atlantis. Eine Erkundung in vierzehn Tauchgängen. es 2598. 60 Seiten

Jürgen Habermas. Zur Verfassung Europas. Ein Essay. es-Sonderdruck. 129 Seiten

Wolfgang Fritz Haug. Kritik der Warenästhetik. Gefolgt von Warenästhetik im High-Tech-Kapitalismus. es 2553. 350 Seiten

NF 383/2/2.12

Wilhelm Heitmeyer (Hg.). Deutsche Zustände. Folge 10. es 2647. 335 Seiten

Claudia Honegger/Sighard Neckel/Chantal Magnin (Hg.). Strukturierte Verantwortungslosigkeit. Berichte aus der Bankenwelt. es 2607. 395 Seiten

Thomas Kapielski. Mischwald. es 2597. 347 Seiten

Oliver Lepsius/Reinhart Meyer-Kalkus (Hg.). Inszenierung als Beruf. Der Fall Guttenberg. es-Sonderdruck. 215 Seiten

Martina Löw/Renate Ruhne. Prostitution. Herstellungsweisen einer anderen Welt. es 2632. 215 Seiten

Barbara Marković. Ausgehen. es 2581. 95 Seiten

Robert Menasse. Permanente Revolution der Begriffe. Vorträge zur Kritik der Abklärung. es 2592. 123 Seiten

Stephan Moebius/Markus Schroer (Hg.). Diven, Hacker, Spekulanten. Sozialfiguren der Gegenwart. es 2573. 473 Seiten

Franco Moretti. Kurven, Karten, Stammbäume. Abstrakte Modelle für die Literaturgeschichte. es 2564. 138 Seiten

Valzhyna Mort. Tränenfabrik. Gedichte. es 2580. 86 Seiten

Barbara Nolte, Jan Heidtmann. Die da oben. Innenansichten aus deutschen Chefetagen. es 2599. 202 Seiten

Peter Rudolf. Das »neue« Amerika. Außenpolitik unter Barack Obama. es 2596. 168 Seiten

NF 383/3/2.12

Werner Schiffauer. Nach dem Islamismus. Eine Ethnographie der Islamischen Gemeinschaft Milli Görüş. es 2570. 200 Seiten

Frank Schirrmacher, Thomas Strobl. Die Zukunft des Kapitalismus. es 2603. 198 Seiten

Aleš Šteger. Preußenpark. Berliner Skizzen. es 2569. 156 Seiten

Bernard Stiegler. Von der Biopolitik zur Psychomacht. Logik der Sorge II. es 2575. 203 Seiten

Mark Terkessidis. Interkultur. es 2589. 220 Seiten

Franz Walter
- Charismatiker und Effizienzen. Porträts aus 60 Jahren Bundesrepublik. es 2577. 405 Seiten
- Vorwärts oder abwärts? Zur Transformation der Sozialdemokratie. es 2622. 142 Seiten

Beat Wyss. Nach den großen Erzählungen. es 2549. 218 Seiten

Slavoj Žižek. Auf verlorenem Posten. es 2562. 319 Seiten

NF 383/4/2.12